누구도 가르쳐주지 않았던 남녀 관계의 진실을 속 시원하게 짚어준다! - kbr0811

언제부턴가 연애가 두려워진 내게 연애를 하고 싶게 만들었다. - 미선

누구나 알고 있지만 모두가 외면하는 남녀의 속마음……. - 롸이언

연애는 미쳐야 한다. 똑바로 미치기 위해서는 이 책부터 읽어라! - 깜찍보살

지금 사랑을 준비하는 사람, 사랑하는 사람, 사랑을 떠나보낸 사람, 그들 모두에게 필요하다! - 구이다우

갈팡질팡하면서 헤매던 내 연애 스토리를 완전 해부하고 현명하게 선택하는 법을 거침없이 알려준다! - lotus

겉만 똑똑한 헛똑똑이 연애가 아닌 뼛속까지 똑똑해지는, 제대로 스마트한 연애의 시작! - 스마일에스

인정하기 싫고 부정해도 어쩔 수 없는 사랑의 현실과 모순을 때로는 차갑게 혹은 날카롭게, 때로는 자상하게 혹은 얄밉게 알려주는 사랑의 정석! - 필라일

추상적인 연애론을 모아놓지 않았다. 치열하게 연애에 미쳐 있는 그의, 지극히 현실적인 삶이 녹아 있기에 그의 글에 열광하는 것이다. - nina.k

바람둥이도 만나보았고, 사랑 없는 연애도 해보았고, 만나는 남자들한테 허구한 날 차여 연애라는 걸 다시는 못 할 줄 알았던 나. 이 책을 읽으면서 많은 걸 배우며 남자들에게 받은 상처로 작아진 내 자신을 위풍당당한 여자로 다시 설 수 있게 되었다. - 위풍당당

단순히 연애 스킬을 가르쳐주는 책이 아니다. 누구나 꿈꾸지만 결코 쉽지 않은 행복한 연애를 위해 사랑하는 방법, 그 근본을 짚어주기에 특별하다. - 요리조리봉봉이

하루라도 더 빨리 읽지 못한 것에 후회하게 되고, 지금이라도 읽은 것에 감사하게 된다. - 윤소영

내 멍청한 사랑을 하나하나 지적해주는 책. 더 이상 바보 같은 감정 낭비 따위는 없다! - 정미란

인정하고 싶지 않은 불편한 진실이 담겨 있다! - 초코파이

사랑을 알기 전, 남을 사랑해야 한다는 강박관념을 갖고 있었지만 읽고 나서 나 자신과 직면할 수 있었고, 나 자신을 사랑할 수 있게 되었다. - 윤초이

나쁜 남자에게 희생하면서 바보같이 연애했던 나를 구제해준 연애 지침서! - 은애

만약 지금 짝사랑에 아파하며 비스트의 〈비가 오는 날엔〉이나 럼블퍼쉬의 〈비와 당신〉을 무한 반복해서 듣고 있거나 짝사랑하는 이의 미니홈피나 블로그를 몰래 방문하는 궁상맞은 짓을 하고 있다면 당장 이 책을 읽어라! - red cell

진지하게 결혼할 상대를 찾고 있는 동생에게 몰래 건네주고 싶다. - mijung_kwon

남자를 사랑하기 전에, 내 인생 내 삶을 먼저 사랑하라는 것을 알려준다. - 링스

여우처럼 연애 잘한다고 생각하면서 살아온 나를, 내 연애관을 다시 돌아보게 만들었다. 내가 얼마나 어리석었는지를, 내가 얼마나 곰같이 남자 때문에 눈물 흘렸는지를…… 이제 다시 여우로 태어났다! - 쭈님

내가 왜 혼자인지 알게 해준 책! '내가 왜?' 라고 생각한다면 먼저 읽어보길. - 스토리

늘 솔로였던 나. 그러나 〈미친 연애〉를 만나고 나서 모든 것이 바뀌었다. 이젠 내가 남자를 골라 만난다! 남자들이 내게 미치게 해준, 정말 눈물 나게 감사한 〈미친 연애〉! - 마망

당신이 아직 혼자인 진짜 이유

♥

당신이 아직 혼자인 진짜 이유

초판 1쇄 발행 | 2011년 12월 24일
초판 5쇄 발행 | 2013년 9월 7일

지은이 | 최정
펴낸이 | 이희철
기획편집 | 조일동
마케팅 | 임종호
북디자인 | 디자인 홍시
펴낸곳 | 책이있는풍경
등록 | 제313-2004-00243호(2004년 10월 19일)
주소 | 서울시 마포구 망원2동 467-30 1층
전화 | 02-394-7830(대)
팩스 | 02-394-7832
이메일 | chekpoong@naver.com

ISBN 978-89-93616-20-0 03810

• 이 도서의 국립중앙도서관 출판시도서목록(CIP)은 e-CIP홈페이지(http://www.nl.go.kr/ecip)와
  국가자료공동목록시스템(http://www.nl.go.kr/kolisnet)에서 이용하실 수 있습니다.
  (CIP제어번호: CIP2011005382)

Love is closer than you think

최정 지음

당신이
아직 혼자인
진짜 이유

책/이/있/는/풍/경

내 짝을 찾는 당신에게

〈미친 연애〉 블로그를 만든 지 2년이 넘어간다. 그동안 연애 실력이 올라갔는가? 그동안 이성에 대해 충분히 알게 되었는가? 물어보고 싶은 말이 많지만 무슨 말부터 꺼내야 할지 난감하기만 하다.

처음 인터넷상에서 '최정', '다시 돌아온 최정' 등등의 닉네임으로 알려지고, 그리고 지금 〈미친 연애〉 주인장까지 하게 되면서 내 자신도 많이 바뀌었다. 처음에는 '너희들과 격이 다르다', '너희와 어울릴 수준이 아니다'며 건방지기도 했다. 하지만 블로그를 운영하면서 내 연애, 내 사랑법이 스스로 잘못되었음을 깨달았고, 지금도 나 자신을 고치려고 노력하는 중이다.

블로그를 열겠다고 했을 때 주변 사람들 모두 나를 말리던 일이 생생하다. "괜히 블로그를 만들어 긁어 부스럼 만들지 마라"고 했다. "마음만 먹으면 얼마든지 결혼할 수 있는데 왜 수고롭게 이런 걸 하려고 해?" 하기도 했다.

그런 수많은 반대에도 무릅쓰고 〈미친 연애〉를 만들고 싶었다. 내 자신이 달라지고 싶어서였다. 그리고 미안해서였다. 내 가식 때문에 상처받은 이들이 있을 테고, 그들이 나 때문에 힘들어 했음을 알았기에 욕먹을 각오로 글을 쓰기 시작했다. 비방과 비난을 모두 감수하기로 했다.

처음에는 욕으로 도배되었던 글들이 쌓이면서 인정받고 응원해주시는 이들이 늘어나 감사할 따름이다. 그러면서도 이해를 바란다. 사람들의 이야기에 귀를 기울이고 싶었지만 아직까지 고집불통인 내 성격 때문에, 하고 싶은 말은 무조건 하고야 마는 성격이라서 내 마음대로 글을 이어가더라도 널리 이해해주기 바란다.

시간이 흘러 〈미친 연애〉를 그만두게 되더라도 나를 격려하고 채찍질해준 이들과의 인연을 결코 잊지 못할 것이다. 그리고 훗날 후회하지 않기 위해 지금 매시간 열심히 나 자신을 격려하고 채찍질해야 할 일이다.

늘 감사하는 마음으로 살아가는 '미친 연애'가 되어야겠다. 〈미친 연애〉 블로그를 보는 이들에게, 이 글을 읽는 당신에게, 나만의 짝을 찾는 이들에게 빛이 되는 그날까지…….

차례 /

Part 1

당 신 이
아 　 직
혼 자 인
진 짜 이 유

무엇이 나를
혼자이게 하는가

괜찮아 보이는 여자가 솔로라는 말을 듣고 믿기지 않을 때가 있다. 남부러운 외모와 능력을 갖추고 있으면서 왜 남자친구가 없는 걸까? 그런데 이런 여자들이 의외로 많다. 혼자 지내는 시간이 길어지는 여자들, 한 남자를 만나 사랑하고 이별을 겪은 후 다른 남자를 사귀지만 제대로 사랑하는 데 오랜 시간이 걸리는 여자들…….

사랑이 깊은 만큼
상처도 깊다

신은 공평하다고 말하지만, 가끔 우월한 유전자를 만들어 내기도 한다. 엄친아, 엄친딸을 만들어 우리를 힘들게 한다. 그런 남자와 사귀는 여자가 있을 테고, 그런 남자와 열렬히 사랑했던 여자도 있을 테고, 그런 사람과 눈물 나게 시린 이별을 겪은 이들도 있을 것이다.

남자친구에게 배신당했거나 일방적으로 이별을 통보받았을 때 최고의 복수는 무엇일까? 헤어진 그보다 더 멋진 남자를 만나 사랑하는 것이다. 이것은 당신도 알고 있다. 그런데 헤어진 그보다 더 멋진 남자를 만나려고 하는데 아무리 찾아도 그런 남자가 없다면 솔로 생활이 길어질 수밖에 없다.

남자와 여자는 이 점에서 전혀 다른 종족이다. 남자는 본능대로 움직이는 경우가 많다. 전에 아무리 예쁜 여자를 사귀었다고 해도 외로움을 이겨내지 못해, 대충 괜찮다 싶으면 새로운 상대를 만나 사랑할 수 있다. 하지만 여자는 그렇게 하지 못한다. 본능적으로는 이성을 만나야 한다는 것을 알지만, 마음이 끌리는 상대를 만나지 못하면 외로움을 선택한다. 그리고 하소연한다.

'좋은 남자, 괜찮은 남자 어디 없나?'

이런 여자들에게 간곡하게 말하고 싶다.

"멋진 남자를 사귀었다고 해서 그를 뛰어넘는 새로운 남자를 만나려고 하지 마라."

그 남자가 눈에 차지 않을 것이다. 전에 만났던 그에 비해 볼품이 없을 것이다. 하지만 그에게 얽매여 있다가, 그와 같은 남자를 만나야 한다는 강박감에 싸여 있다가 시간이 지나 깨닫는다.

'내가 잘못 생각했구나. 아무 남자라도 만나는 게 상책이야.'

그렇게 자포자기하다 보니 오히려 남자를 거부하고 솔로 생활에 접어든다. 그러다가 헤어진 그보다 훨씬 떨어지는 상대를 만나는 현실에 직면하기도 한다. 헤어진 그에게서 벗어나지 못하는 한 당신은 솔로에서 벗어나지 못한다.

그만 바라보며
살아온 시간들

　　헤어지고 화해하기를 얼마나 반복했든, 바람둥이인 그의 보험녀로 지낸 상처가 얼마나 컸든 그와 끝났다면 새로운 남자를 만나야 하는 것 아닌가. 그런데 의외로 새로운 사람을 사귀지 못하는 경우가 허다하다.

　그와 사랑하는 동안 다가오는 남자도 있었고, 괜찮게 생각하는 남자도 있었다. 그런데 정작 그와 헤어진 다음에는 연애를 제대로 할 줄 모른다. 한 남자와 오래 사귀면서 그 외에 다른 남자를 쳐다보지 않았고, 소개팅도 하지 않았고, 다른 남자를 만나는 것을 멀리 했기 때문이다. 연애 세포가 굳을 대로 굳어졌고, 죽을 대로 죽은 까닭이다.

　이성을 사로잡아야 하는데 막상 다른 남자를 만나도 사귀는 방법이 전혀 떠오르지 않고, 어떻게 해야 할지 눈앞이 막막하다. 그와 너무나 오랫동안 사귀었기 때문에 편할 대로 편안해져 다른 남자를 만나도 무방비 상태가 된 것이다. 연애 관련 리뷰나 책, 블로그에서 관련 글을 찾아 읽고, 친구들이나 언니에게 조언도 받지만 죽은 세포는 더 이상 되살아나지 않는다.

　남자의 연애 방법보다 여자의 연애 방법을 파악하기가 훨씬 어렵다. 내가 남자들의 연애 방법을 알려주고 블로그를 통해 여자들의 연애 방법도 들여다보았지만, 여자들의 연애 방법은 알면 알수록 어렵기만 하다. 남자의 경우 여자에게 잘해주기만 하면 어느 정도 사랑할 확률이 높아지는데, 여자는 남자에게 잘해준다고 해서 사랑을 이끌어낼 수 있는 게 아니다.

당신이 누군가를 오래 사귀었다면 그에 대한 신뢰가 생길 것이다. 그리고 오랫동안 사귀었기 때문에 특별한 연애 방법이 필요하지도 않았을 것이다. 하지만 이제 당신의 매력을 알아주는 남자는 없다. 당신이 괜찮은 여자라는 사실을 어필해야 하는데 너무나 오랫동안 한 남자와 긴장감 없이 사랑했기 때문에 어필하는 방법을 잊어버린 것이다.

혼자 지내면서 한 게 하나도 없다

고속도로 휴게소 화장실에서 볼일을 보고 있을 때, 《좋은 생각》이라는 책에서 발췌한 짧은 글이 화장실 벽에 걸려 있었다.

"서로 비슷한 체격을 가진 농부 둘이 벼를 베고 있었다. 한 농부는 한 번도 쉬지 않고 열심히 벼를 벴고, 다른 농부는 쉬엄쉬엄 벼를 벴다. 그리고 해가 질 무렵 서로가 얼마나 벼를 벴는지 확인했다. 그런데 이상했다. 한 번도 쉬지 않고 열심히 벼만 벤 농부보다 쉬엄쉬엄 한 농부가 벼를 더 많이 벤 것이다. 어떻게 쉬엄쉬엄 했는데 어떻게 더 많이 벨 수 있을까? 쉬엄쉬엄 벼를 벤 농부가 말했다. 나는 쉬면서 열심히 낫을 갈았다네."

이 글은 솔로로 지내는 이들에게 들어맞는다. 솔로에서 벗어나기 위해 몸부림치는 이들이 많다. 소개팅을 하는 등 이성을 만날 기회를 갖고, 동호회와 모임 등에 참여하면서 좋은 남자를 만나려고 애쓰는 여자들이 많다. 하지만 소개팅을 한다고 해서 좋은 남자를 만날 수 있을까? 괜찮은 남자를 만났다고 해서 그가 당신을 정말 사랑할까?

나는 남자들에게 여자를 많이 만나보라고 말한다. 하지만 여자들에게 남자를 많이 만나보라고 먼저 권하지 않는다. 남자는 여자를 만나면서 스스로 깨우쳐야 하지만, 여자는 연애 방법을 아는 것이 우선이기 때문이다. 남자를 많이 만나도 안 되는 여자는 죽어도 안 된다. 자신의 문제점이 무엇인지 알고, 그것을 고치지 않으면 좋은 사람은 절대 오지 않는다.

솔로 생활을 한탄만 하지 마라. 혼자인 삶에서 빨리 벗어나려고 서두르지 마라. '크리스마스가 100일도 남지 않았어. 빨리 남자친구를 만들어야 해.' 이런 생각은 하지도 마라.

당신은 스스로를 괜찮다고, 예쁘다고 생각한다. 상대에게 잘 웃어주고 비유도 잘 맞추어준다고 생각한다. 그런데 그런 당신에게 남자들은 왜 애프터를 신청하지 않는가? 왜 당신을 지레 포기하는가? 이런 경험을 했으면서도 왜 그런지 생각해보았는가?

마음에 드는 상대를 만난다면 그를 사로잡을 당신만의 노하우가 있는가? 거의가 노하우를 가지고 있지 않다. 여자는 예쁘면 되는 줄 알고, 여자는 가만히 있으면 저절로 되는 줄 알기 때문이다. 물론 예쁘면 남자들이 다가온다. 그런데 그게 진심인지 어떻게 구별할 수 있으며, 그가 당신만 바라보게 하려면 어떻게 해야 하는가? 남자는 예쁜 여자라면 사족을 못 쓴다고 생각하겠지만, 요즘에는 예쁜 여자들이 널리고 널려 있다.

솔로 생활이 길어지면 길어질수록 좋은 것은 하나도 없다. 특히, 나이가 들수록 솔로 생활에서 탈출하기가 점점 더 어려워진다. 이것은 어쩔 수 없는 현실이다. 무엇이 솔로로 머물게끔 했는지 모르겠지만, 이 말만은 하고 싶다. "사랑받으며 살아야 예뻐지는 법이다."

연애할 때마다
꼬이기만 한다면

'연애가 도대체 뭐길래 나를 이렇게 힘들게 하는 걸까?' 이런 고민을 해본 사람들이 많을 것이다. 남자와 여자를 떠나, 연애 고민을 가진 모든 이들에게 알려주고 싶다. 연애 때문에 힘들다면, 맨날 당신만 이 모양 이 꼴이라고 생각한다면 이 글에서 한 가지라도 얻어가기 바란다.

자신은 생각하지 않고 눈만 높다

요즘 내가 주선자 역할을 마다하지 않고 여러 계층의 사람들을 소개팅해주면서 한 가지 궁금한 것이 있다. '무슨 자신감으로 그렇게 눈이 높은가?'

집에 거울이 없나? 뉴스도 안 보고, 세상 돌아가는 실정도 모르고 사나? 주변 사람들이 괜찮다고 말해주니까 자신이 정말 그렇다고 착각하나? 특히 결혼 적령기인 이들이나 때를 놓친 이들을 보면 분명히 그들 자신에게도 문제가 있는데 자꾸 "나를 알아주는 상대를 만나지 못했다"고 말한다. 이런 사람들 중에서도 가장 한심한 부류는 "이왕 늦게 하는 거, 이왕 지금까지 기다린 거 내 눈에 차는 사람과 만나고 싶다"는 이들이다.

결혼정보업체에서는 특별한 경우를 제외한다면 보통 서른다섯 살이 되면 재혼으로 넘어간다. 미혼이라도 한 번 결혼에 실패한 사람들 안에 넣는다. 특별한 경우란 남자든 여자든 능력이 아주 뛰어나거나 부모의 재산이 많은 경우다. 30대 중후반인 남자가 대기업에 다니면서 연봉 7,000만 원 정도 번다면 스스로 괜찮다고 생각할 것이다. 능력 면에서 남들에게 뒤처지지 않는다고 생각할 것이다. 하지만 그 능력만 보고 결혼할 여자는 없다.

여자들도 마찬가지다. 30대 후반인 여자의 사례를 들여다보자. 나는 그녀와 몇 번 만나 그녀의 고민을 들었고, 그녀의 현실이나 문제점도 유심히 살폈다. 그래서 그녀와 잘 어울릴 만한 마흔 살 남자와 소개팅을 시켜주었다. 하지만 그녀는 그 자리에서 퇴짜를 놓고 말았다.

"마흔이 넘게 보여서 싫어요!"

어이가 없었다. 그러는 그녀는 자신이 마흔처럼 보이지 않는 줄 아는가 보다. 자기보다 연상의 남자를 찾아놓고, 이런 식으로 말하는 것은 곤란하지 않는가. 마흔 살이라면 마흔 살처럼 보여야 하는 것 아닌가. 자기 입장에서 자기만의 눈높이를 정해놓고 있는 것이 너무나도 짜증났다. 그 뒤로 그녀에게 소개팅을 알선해주지 않은 것은 당연했다.

눈만 조금 낮추면 누구든 충분히 사랑받을 수 있는 조건을 가지고 있다. 그래야 연애 때문에 힘들 일도 생기지 않는다. 맨날 연애가 꼬인다는 이들에게 말해주고 싶다. 몸에 맞지 않는 옷을 입으려고 하기 때문에 꼬이는 것이다.

바꾸겠다는 마음이
전혀 없다

나는 좌우명을 여러 개 가지고 있다. 그 중에서 가장 중요하게 생각하는 것이 '남 탓은 절대로 하지 말자'다. 누구에게 사기를 당했든, 경기가 안 좋아 장사가 안 되고 사업이 안 된다, 그래서 내가 망했다, 그 때문에 내가 지금 어렵다는 말은 한 번도 해본 적이 없다. 이런 시기에도 돈 잘 버는 사람은 다 돈 잘 벌고 잘 먹고 잘사는 사람은 잘 먹고 잘살기 때문이다.

연애도 그렇다. "내가 만난 남자가 바람둥이라서 그렇다", "그 여자가 원래 그렇고 그런 여자였다" 이렇게 말하는 사람들이 너무나 많다. 억울하고, 분하고, 짜증나고, 그 때문에 자신이 힘들어 하는 게 원망스럽다. 그런데 그것이 정말 그런 상대를 만나 그런 걸까?

그가 바람둥이라고 해도 그가 반해 결혼하는 여자는 분명히 존재한다. 그녀가 어장 관리를 하더라도 그녀가 반해 연인 사이가 되는 남자는 분명히 있다. 당신 자신이 바보 같아 그렇게 당했다는 사실은 인정하기 싫다 보니 맨날 당하고 맨날 꼬이는 것이다. 당신이 만나는 상대는 늘 그렇고 그런 남자, 그런 여자뿐이었겠는가? 아니다. 그것은 그만큼 당신 자신을 한 번도 생각하지 않았다는 증거다.

바뀌고 싶었을 것이다. 달라지겠다고 스스로에게 수십 번 다짐도 했을 것이다. 하지만 그런 바람이나 다짐은 늘 메아리밖에 되지 못했다. 말로만 그랬을 뿐이다. 이런 모습을 보면 어릴 적 만들던 일일계획표가 생각난다. 초등학교 방학 때, 일일계획표를 짜놓고 이렇게 해야지 굳게 결심하지만 하루만 지나도 잊어버리는 것과 똑같다.

이를 극복하기 위해서는 어떻게 해야 할까? 자기 자신부터 정확하게 진단할 수 있어야 한다. 그런 다음 그것을 행동으로 이끌어줄 사람이 필요하다. 혼자 지금까지 수없이 다짐과 실패를 반복했다면 지금이라도 이끌어줄 사람이 필요하다. 그는 친구라도 좋고 주변 사람이라도 좋다. 다만, 당신에게 쓴소리를 마다하지 않을 사람에게 부탁하라. 충격이 강하면 강할수록 경각심도 커지는 법이다.

메일로 이런 질문을 해온 여자가 있었다.

"내 얼굴로는 남자에게 어필하지 못하나요?"

그녀의 얼굴을 찍은 사진을 메일로 본 나는 이렇게 답했다.

"네. 성형수술하지 않으면 웬만한 남자들은 다 싫어할 것 같습니다.”

　이렇게밖에 답할 방법이 없었다. 지금까지 수많은 연애 상담을 해오면서 수백 명의 사진을 보았고, 많은 남자들에게 조사해본 결과, 여자는 외모가 최소한 어느 정도는 되어야 남자가 사귀고 싶어하는 마음이 생긴다. 그 말을 듣는 당사자에게는 미안하고 상처를 만들겠지만, 직언을 해줄 수 있어야 그녀가 망상에서 깨어날 수 있다. “넌 성격이 좋다”, “괜찮아”, “너 정도는 아무 문제없다”고 입바른 소리만 백 마디 하는 사람보다 한 마디라도 쓴소리를 아끼지 않는 사람이 백 배 천 배 더 낫다.

머리와 마음을 다스릴 줄 모른다

　　연애가 맨날 꼬이는 결정적인 이유 중 하나는 머리와 마음이 따로 움직인 탓이다. 연애뿐만 아니라 일상에서도 머리와 마음은 늘 싸우고 있다. ‘이걸 사면 안 되는데……’, ‘이걸 사면 이번 달 카드값 펑크 나는데……’ 걱정하지만 결국에는 ‘갈 때까지 가보자’, ‘나중에 어떻게 되겠지’ 하고는 일단 사고 본다. 당신의 연애도 지금 그 모양 그 꼴이었다.

　상대의 마음은 당신 마음 같지 않다. 당신이 절실하고, 당신이 모든 것을 다 주어도 그는 그렇게 생각하지 않을 수 있음을 알아야 한다. 물론 내 마음을 다 알아주고, 내 생각을 잘 캐치하는 사람도 있겠지만, 이런 상대를 만나기란 하늘의 별 따기보다 어렵다. 당신 역시 그의 속마음은 절대로 알 수 없다. 더구나 그는 언제 어디서 당신의 뒤통수를 칠지도 모른다. 그래서 '연애할 때는 이별을 생각하고 있어야 한다'고 말하지 않는가.

연애할 때는 모든 것을 쏟아 붓는다. 누군가를 좋아하고, 누군가를 사랑하는 감정은 쉽게 사그라지는 것도 아니다. 그래서 좋아하는 사람, 미련이 남는 사람을 떠나보내는 것이 얼마나 힘든 일인지 안다. 하지만 현실을 받아들이지 못한 채 살 수는 없다. 나만 좋아한다고 사랑이 이루어지는 것도 아니고, 미련이 남는다고 해서 그 사람이 돌아오는 것도 아니다.

힘들 것이다. 하지만 그런 고통이 온다고 해서 그 고통을 회피하려고 하지는 마라. 마음이 쓰리고, 아프고, 가슴이 찢어질 것 같겠지만, 그 고통을 받아들여라. 그 고통을 이겨내면 또다시 그런 고통이 왔을 때 충분히 이겨낼 수 있다. 그것도 처음보다 훨씬 수월하게 이겨낼 수 있다. 단, 그 고통이 온 이유는 정확하게 알고, 다시는 그런 고통을 겪지 않도록 하는 것이 우선이다.

인생과 연애는 닮은 점이 많다. 그래서일까? 흔히 이렇게 말한다. "연애 잘하는 사람이 잘 먹고 잘산다." 연애가 힘들면 힘들수록 인생도 같이 힘들어질 수 있다. 행복한 인생을 위해 연애도 본격적으로 담금질해야 한다.

왜 헤어질 때
여자가 더 힘들까

사랑하는 사람에게 "헤어지자"는 말을 듣는다면 누구나 힘들고 아플 것이다. 그런데 남자보다 여자들이 더 힘들고 아픈 이유는 무엇일까? 그게 여자만이 가진 특징이고, 여자만의 사랑 방식이다. 힘들어 할 수밖에 없고, 미련이 남을 수밖에 없고, 눈물이 날 수밖에 없다.

여자는 남자보다
깊고 격정적이다

남자 100명, 여자 100명에게 똑같이 슬픈 영화나 드라마를 보여주면 어느 쪽이 더 많이 눈물 흘릴까? 삼척동자도 다 아는 대답이 들려올 것이다. "여자!"

우리나라 드라마의 단골 주제는 불륜이다. 불륜을 저지르는 주체는 남자고, 그 때문에 여자가 힘들어 한다. 거기에 나오는 여자는 거의가 현모양처고, 한 남자밖에 모르고, 그 남자에게 자신의 모든 것을 헌신한다. 극은 남자가 인과응보를 당하는 내용으로 마무리된다. 흐름이 뻔한 줄 알면서도 작가들은 왜 이런 스토리를 계속 만들어내는 걸까? 여자 시청자들을 잡기 위해서다. 여자들이 재미있다고 말하는 드라마는 대부분 히트 친다. 시청률이 고공행진한다.

그렇다면 여자들은 왜 내용이 뻔한 드라마에 빠질 수밖에 없을까? 감성적인 동물이기 때문이다. 자기가 그 드라마 속 비련의 여주인공이라고 생각한다. 자기가 그 드라마 속 바보같이 헌신하는 여주인공이라고 생각한다.

여자는 남자보다 감정 표현이 탁월하다. 아무 미니홈페이지라도 들여다보라. 이별 글이나 사랑 글을 쉽게 볼 수 있다. 그 글들을 만든 사람은 대부분 여자다. 그리고 그 글을 보면서 여자들이 공감한다. 자기가 직접 겪지 않았어도, 친구들이나 주변 사람들의 경험, 영화나 드라마를 보면서 느꼈던 감정을 자기 일처럼 표현한다.

사회적인 관례도 무시할 수 없다. 남자가 여자와 헤어지고 나서 친구 앞에서 눈물을 흘리면 다들 이렇게 말할 것이다.

"남자 놈이 여자에게 차였다고 눈물 흘리냐? 바보 같은 놈! 세상에 그 여자 하나밖에 없냐!"

눈물을 흘리면 안 되는 것으로 만들어 놓았다. 남자가 여자 때문에 힘들어 하고 눈물 흘리면 고추 떼라는 말 듣는다.

하지만 여자가 헤어진 남자 때문에 친구 앞에서 눈물을 흘리면 친구는 어떻게 반응할까? 실컷 울라고 말한다. 그러면 기분이 조금 괜찮아질 거라고 말한다. 눈물을 부추긴다.

그런 이야기를 들을 때마다 친구 자신도 나중에 눈물을 흘려야 할 것 같고, 식음을 전폐하고 이별 노래를 들을 날이 올 것 같다. 그렇게 해야 될 것처럼 생각한다. 그런 표현 때문에 힘든 여자가 더 힘들어지는 것이다.

여자들은 힘들고, 어렵고, 짜증나는 일이 있으면 친구에게 말하지만, 남자들은 대부분 그런 말은 친구에게 하지 않는다. 표현력도 서툴다. 단문으로 끝난다.

"요즘에 힘들다……."

"왜 힘든데?"

"그냥 이것저것 잘 안 돼……."

이게 전부다.

하지만 여자들은 친한 친구에게 절대로 이렇게 말하지 않는다. 아주 상세하고, 아주 디테일하게, 자세하게 이야기한다. 친구가 공감할 수 있도록 이야기한다.

이렇게 말하는 것은 자기 마음을 알아주기를 바라기 때문이다. 자기 마음을 이해해주길 바라기 때문이다. 내가 왜 지금 이렇게 눈물을 흘릴 수밖에 없는지, 아파하고 힘들어 해야 하는지 알아주고 이해해주기를 바라기 때문이다.

여자는 추억을
먹고 산다

　　　사랑하는 사람과 헤어졌을 때 가장 힘든 것은 그를 기억에서 지우는 것이다.

대부분의 여자들은 이렇게 말한다.

"남자는 남자로 잊어야 한다."

진리와 같은 말이다. 정답이다. 하지만 정작 그렇게 될까? 말처럼 그렇게 쉽게 되지 않는다. 그런 남자가 없으리라 생각하기 때문이다.

이별의 아픔을 추스르고, 눈물을 닦고, 친구들에게 이제 괜찮다며 소개팅해달라고, 다른 남자를 만나겠다고 선언한다. 그렇게 소개팅 자리에 나간다. 그런데 그 자리에 있는 상대가 괜찮다면 상관없겠지만, 자꾸 그 사람이 생각난다.

그를 처음 만났을 때의 행동과 말투가 그 남자에게 보일 때 헤어진 그에 대한 미련이 더 커질 수밖에 없다.

"내가 흘린 눈물만큼 당신에 대한 기억도 지워졌으면 좋겠다. 그러면 매일매일 눈물 흘릴 수 있을 텐데……."

오죽했으면 이런 글을 만들었을까 싶다.

남자는 헤어진 후 곧바로 다른 여자를 만나거나 다른 여자를 사귈 수도 있다. 사랑하지 않는다고 해도, 정말 좋아하지 않는다고 해도 그녀에게 다가갈 수 있다. 그런데 여자는 이렇게 안 된다. 못난 상대를 만나면 만날수록 헤어진 그에 대한 생각이나 추억은 더욱 뚜렷해진다. 그의 목소리, 행동, 스타일, 그와의 추억까지 모든 것이 다 생각난다.

잘했던 남자일수록, 사랑을 보여준 남자일수록 여자는 더 힘들어 할 수밖에 없고, 더욱 더 기억에서 지울 수가 없다. 그래서 잔인하지만 이렇게 표현하지 않는가.

"한 남자를 사랑했던 기억만으로 여자는 평생을 살 수 있다."

그 추억을 빨리 걷어내지 못하면 당신의 연애는 맨날 눈물만 흘리고 외롭기만 할 것이다.

여자는 사기를 당한 피해자다

남자와 여자를 떠나, 누군가에게 사기를 당하면 억울할 것이다. 잠도 오지 않고, 짜증나고, 분하고, 원통할 것이다. 사랑도 그렇다. 그리고 그 사랑의 피해자는 대부분 여자다. 여자는 사랑하면 자기가 줄 수 있는 모든 것을 그에게 주기 때문이다. 마음의 병은 약도 없다.

여자에게 차인 남자들은 대부분 나중에 그녀에게 쓴 돈이 아깝다고 생각한다. '내가 왜 그녀에게 커플링 반지를 해주었지?', '내가 왜 그녀에게 백을 사주었지?' 생각한다.

하지만 여자는 그에게 마음을 준 자기 자신을 미워한다. 돈은 다시 채워 넣으면 되지만 상처를 입은 마음은 다시 채워 넣기가 힘들수밖에 없다. 눈에 보이는 상처는 꿰매거나 약을 바르면 그만이지만 마음이라는 장기는 어디에 있는지도 모르고, 얼마나 큰지도 모르고, 정확하게 얼마나 아픈지도 모른다. 죽고 싶다는 말밖에 나오지 않는다.

여자들이 힘들어 하는 또 다른 이유는 여자를 사랑하는 남자들의 방식 때문이다. 대부분 영원할 것처럼 말한다. 마지막 사랑인것처럼 표현한다. 당장이라도 결혼할 것처럼 나선다. 사랑하는 그가 그렇게 말하는데 그 말에 희망을 걸지 않을 여자는 없다. 하지만 현실도 그럴까? 다른 여자를 만나면서도 그것을 꼭꼭 숨기고있지 않은가. 다른 여자를 더 사랑하면서도 당신에게 사랑한다고하지 않은가. 그 사랑의 사기 때문에 여자가 더 힘들어 하는 것이다.

어떤 변명을 하더라도, 어떤 말을 하더라도 여자와 헤어질 때 남자들이 하는 말은 똑같다.

"넌 좋은 여자니까 좋은 남자 만날 거야."

이게 사랑했던 여자에 대한 배려라고 생각하는가? 좋은 여자라고 말해주면서 정작 자신은 왜 나쁜 남자가 되려고 하는 걸까? 그녀가 원하는 것이 무엇인지 알지 않은가. 이런 변명 따위를 할 시간에 솔직하게 말하라. 그게 서로에게 속 편하다. 다른 여자가 생겼다고 말하라. 왜 다른 여자가 있는데, 더 좋아하는 여자가 있는

데 왜 굳이 이렇게 빙빙 돌려 말하는가?

그렇게 말하는 것은 예의가 아니다. 정말 그녀를 사랑한다면 다른 여자를 만나는 것 자체가 예의가 아니다. 그리고 헤어지고 싶다면 정정당당하게 헤어져라. 그게 그녀에게도 속 편하다.

미니홈페이지를 들여다보면 이런 문구가 자주 눈에 띈다.

'여자에게 이별이 잔인할수록 미련은 가볍다.'

이 글은 남자를 위한 것이 되었다. 남자의 장난질에 한 여자의 인생이 달라질 수 있기 때문이다. 쉽게 버릴 여자라고 생각하고 다가간 것이라면 그녀에게 상처를 주기 전에, 그녀가 더 힘들어 하기 전에, 되돌릴 수 있을 때 그만두어라. 한 번의 쾌락 때문에 여자는 평생 마음의 상처를 안고 살아야만 한다.

버림받아야만 아는
불편한 진실

'영원히 사랑한다'고, '결혼하자'고, '너밖에 없다'고 입버릇처럼 말했던 그가 어느 날 '헤어지자'고 말한다. "넌 좋은 여자니까 좋은 사람 만날 거야." 다시 듣는 그 말. 그리고 다시 오는 절망감……. 하늘이 무너지고, 눈앞이 깜깜해지고, 눈물밖에 나오지 않는다. 그렇게 시간이 약이라는 것을 깨닫고, 새로운 사랑을 꿈꾼다. 처음 사랑한 것처럼…….

주변 사람들이
하는 말은 다 맞다

연인 때문에 문제가 생기면 누구에게 먼저 말할까? 가장 친한 친구에게 속내를 터놓을 것이다. 객관적이고 냉정한 친구라면 먼저 찾아갈 것이다.

"그가 헤어지자고 해……."

그러면서 친구에게 비밀스러운 약속처럼 덧붙일 것이다.

"알지? 내가 널 가장 아끼고 좋아해서 이렇게 말하는 거……."

하지만 친구가 아무리 좋은 말을 해도, 진심어린 조언을 해도 그녀는 그를 놓지 못한다.

그에 대한 사랑은 이미 암처럼 온몸 이곳저곳 퍼져 손을 쓸 수조차 없다. 수술하려고 배를 갈랐는데 그냥 덮고 나올 지경이다.

항암제도 진통제도 소용없다. 아무리 좋은 말도 고통을 가시게 하지 못한다. 차라리 이 자리에서 죽는다면 고통이라도 덜할 것 같다. 하지만 고통은 계속 이어지고 더 심해진다. 그와 사랑을 이어가려고 발버둥칠수록 더 아플 뿐이다.

시한부 인생을 선고받은 사람과 다를 게 없다. 시한부 판정을 받으면 심하게 부정한다. 돌팔이 의사라고, 더 큰 병원에 가서 진단받을 거라며 역성을 낸다. 하지만 다른 곳을 가서 정밀진단을 받아도 결과는 다를 바 없다.

처음에는 왜 나만 이런 병에 걸리느냐며 세상을 원망한다. 이어 살고 싶다는 의지를 불태운다. 병에 대해 연구한다. 그러면서 점점 호전되는 듯 보이지만, 그것은 단지 순간일 뿐이다. 병은 한순간에 악화되고, 한순간에 숨을 거두고 만다.

당신은 이 말을 믿으려 하지 않는다.

"그가 내게 그럴 리 없다. 그는 그런 사람이 아니야!"

하지만 시간이 지나 그것이 현실이 된 후에는 그의 마음을 돌리려고 애쓴다. "왜 그러냐?"고, "되돌릴 수 없느냐?"고 애원한다. 하지만 때는 이미 늦었다. 연애의 신이 있다고 해도 되돌릴 수 없다. 오히려 현실을 인정하고, 받아들이고, 스스로 이별을 준비하는 것이 상책이다.

처음부터 인정했으면 덜 아프고, 덜 힘들었을 텐데……. 인정하지 않다 보니, 눈을 가린 채 현실을 외면하다 보니 더 아프고, 더 억울하고, 배신감을 느끼는 것이다.

떠날 사람은 반드시 떠난다

여자들이 사랑에 빠질 때 가장 먼저 나타나는 증상 중 하나는 그를 챙겨주기 시작한다는 것이다.

당신은 그에게 최선을 다했다고 자부한다. 그런데 그가 그 마음을 알아주던가? 정말 고마워하는가? 헌신하면 내 마음을 알아주고 그도 내게 잘해주어야 하는데 그걸 몰라준다. 그럴수록 그에게 배신감을 느낀다. 헌신할수록 그는 더 많은 것을 바라고 더 큰 것을 요구한다.

'자기는 해준 것도 없으면서 나한테만 잘하라고 해?'

속상하면서도 그에게 더 잘하려고 애쓴다. 내가 좋아하는 사람, 내가 사랑하는 사람이라는 이유로.

'그렇게 잘해주고 챙겨주었던 그가 왜 이별을 말할까? 왜 헤어지자고 말할까? 왜 나보다 더 못해주고, 나처럼 잘 챙겨주지도 않

는 사람한테 눈이 돌아가는 걸까? 도대체 내가 뭘 잘못했다고?'

원망하지 마라. 매달리지도 마라. 그는 원래 그런 사람이었다. 몇 번 만나고, 몇 번 관계를 가지다가 끝내면 된다고 생각한다. 당신을 처음 만났을 때부터, 당신을 끌어당긴 때부터…….

그는 이런 생각을 하고 당신을 만났다. 당신은 그가 당신만 사랑한다고 느꼈을 뿐이다.

헌신한 자체는 칭찬할 일이다. 문제는 헌신할 사람에게 헌신해야 한다는 점이다.

"썩어빠진 정신을 가진 사람이라면 아무리 잘해주어도 개조되지 않는다."

다들 당신처럼 생각하고 당신보다 더 많이 챙겨주고 잘해주었다. 하지만 그는 하나도 달라지지 않았다. 밑 빠진 독에 아무리 물을 부어도 채워지지 않는 법이다. 그 물을 채우고 싶다면 항아리부터 바꾸어야 한다.

사랑하는 방법이 잘못되었다

사랑이 실패로 끝났을 때 이렇게 생각한다.

'첫사랑이니까 추억으로 간직하자.'

그리고 스스로를 위안한다.

'첫사랑은 원래 이루어지지 않는 거라던데…….'

두 번째 사랑이 찾아오고, 또 다시 버림받으면 이런 생각이 든다.

'그는 그렇고 그런 사람이었어.'

하지만 그 다음도 그렇다면 어떻게 될까? 그때서야 절실하게 깨닫는다.

'방법이 잘못되었어!'

그러면서도 여전히 방법을 모른다. 어떻게 해야 할지도 모르고, 달라지고 싶지만 쉽게 달라지지도 못한다. 그 연애 방법에 익숙해져버린 탓이다. 머리는 그렇게 하지 말라고 지시하지만 몸은 이미 반응하고 눈은 하트부터 그리고 있다. 그렇게 사귀었는데, 그렇게 대했는데 그게 쉽게 달라지겠는가.

남자는 여자를 많이 만나면 만날수록 연애 실력이 올라가지만 여자는 남자를 많이 만나더라도 연애 실력이 올라가는 것은 절대 아니다. 남자를 만나면 만날수록 또다시 그에게 빠지고, 또 다시 똑같은 연애 방법을 자기도 모르게 하게 된다. 머리가 마음을 이겨주길 바라지만 매번 마음 가는 대로 느끼는 대로 움직이고 만다.

솔직하게 내 마음을 표현한다고 해도 상대는 그것을 진심으로 알아주지 않는다. 아무리 애절해도 그렇다. 그 연애 실력으로, 그 마인드로 매번 버림받는다면 다음에도 여전히 버림받을 수밖에 없다.

소개팅을 수십 번
했는데도 안 된다

"올해 소개팅과 맞선을 따져 보니 50번 정도 한 것 같아요." 이 메일을 받는 순간, 이 메일을 보낸 여자 분의 사연을 읽는 동안 안타깝고 화가 났다. 마음에 드는 상대는 자신을 마음에 들어 하지 않고, 마음에 들지 않는 상대는 오히려 자신을 괜찮게 생각하고…….

문제도 모르면서
소개팅에 나가다니

소개팅이나 맞선을 볼 때, 미리 사진을 주고받는다고 해도 그 사진이 실물과 똑같을 경우가 얼마나 될까? 특히 여자들의 경우 셀카 각도 잡고, 조명 잡고, 뽀샵하고, 거기다 화장술까지 더하면 연예인 뺨치게 변신할 수 있다.

남자는 소개팅이나 맞선에 나온 여자를 선택할 때 10초면 끝이다. 10초도 안 걸릴 수 있다. 보는 순간 스캔이 완료되고 머릿속에 '예쁘다', '괜찮다', '스타일이 아니다'가 입력된다. 사람마다 보는 눈이 다르다고 하지만, 대부분의 남자들이 생각하는 여자 기준은

크게 다르지 않다.

그런데 '정말 아니다' 생각이 드는 여자라면 소개팅을 100번 채워도 마음에 드는 남자가 오지 않는다. 남자는 못생기거나 스타일이 좋지 않아도 능력으로 커버할 수 있는 부분이 있고, 착하고 잘해주면 여자들이 그것을 알아준다. 하지만 남자는 여자의 그런 모습을 절대로 알아주지 않는다. 더구나 고집도 세, 한 번 아니라고 생각한 여자는 절대로 두 번 다시 만나지 않는다. 그녀가 아무리 잘해주고, 성격이 좋고, 착해도 눈에 들어오지 않는다.

가장 큰 문제는 그 남자와 만나는 공간이 소개팅과 맞선이라는 점이다. 그 짧은 순간에 당신이 그를 어떻게 어필할 수 있겠는가? 당신이 속옷만 입고 뛰어온다고 해도 그는 싫다고 할 것이다. 일단 그의 눈에 들어야 한다. 최소한 당신이 만날 가치가 있고 괜찮다는 생각을 갖게 해야 한다. 그렇게 된 후에야 그는 당신의 인격이나 성품, 마음씀씀이, 애교, 미소, 섹시함을 본다. 이는 부정할 수 없는 현실이다. 이것을 인정하지 않으면 소개팅을 천 번 해도 괜찮은 남자와 사귀지 못한다.

외모가 괜찮다고
좋은 남자 아니다

상대 여자가 괜찮다는 생각이 들 때 남자가 가장 먼저 하는 것은 무엇일까? 그녀에게 어필하기 위해 말을 건네는 것이다. 진지한 모습을 보여주고, 자신의 비전과 자기 자랑도 곁들일 것이다.

남자가 이런 말을 이어갈 때, 즉 그가 당신에게 호감을 갖고 있을 때 어떻게 해야 할까? 반응이 없으면 안 된다. 그가 괜찮다고 생각 들고, 그가 마음에 들면 행동이 더 커져야 하고, 때로는 오버도 해야 한다. 가만히 앉아 대답만 한다고 그가 당신을 좋아하는 것은 아니다.

어느 남자라도 마음에 들지 않는 여자에게 노력하지 않는다. 돈 쓰고 시간 낭비하고 싶어하지 않는다. 특히, 20대 때 스펙 쌓기에 열중하다가 짝사랑 몇 번 해보고 몇 번 차여본 남자, 더구나 그 후 대기업에 들어가 자신만의 스타일을 꾸미고 괜찮은 남자 반열에 올라선 이들일수록 더 그렇다.

그들이 왜 그렇게 생각할까? 여자한테 차인 경험이 있고, 여자에게 어장 관리를 당해본 적이 있기 때문이다. 그래서 그들은 자기가 좋아하는 사람이 나타나지 않으면, 자기에게 호감을 보이지 않으면 그 여자가 괜찮은 외모라고 해도 포기해버린다.

예전과 달리 지금은 수동적으로 반응해서는 안 된다. 물론 대놓고 좋아한다고 말해서는 안 되겠지만, 좋아하는 남자와 마주했다면 그에게 당신을 각인시켜야 한다. 웃어라. 테이블 앞쪽으로 몸을 기울여 그의 말에 귀 기울이고 있음을 보여주어라. 애교를 보여라. 인격이나 성품을 보여주어라. 자기 자신을 알리는 것이 최선이다.

지금은 옛날처럼 수줍은 미소를 머금고 조용히 앉아 "예", "아니오"만 대답하는 시절이 아니다.

소개팅으로 연인을
만날 확률

여자들에게는 미안한 말이지만, 소개팅에서 괜찮은 훈남에 능력까지 겸비한 남자가 나올 확률은 거의 없다. 그 정도 능력 있고, 그 정도 얼굴 좋고, 그 정도 키에 그 정도 스타일을 갖고 있는 남자라면 충분히 자체 해결할 수 있기 때문이다. 진짜 괜찮다고, 정말 예쁘다고 친한 친구가 통사정하지 않는 이상 그는 소개팅에 나가지 않으려고 할 것이다.

이런 괜찮은 남자들이 소개팅을 꺼리는 결정적인 이유는 소개팅 분위기가 싫기 때문이다. 어색한 자리에서 자기 자신을 어필해야 하고, 자리도 불편한 커피숍에서 커피를 마시면서 이야기해야 하고, 서로 아무것도 모르는 상황에서 하나하나 채워 나가야 하는 것이 싫다. 물론 그 자리에서 마음에 드는 여자를 만날 수도 있겠지만, 일반적으로 소개팅이나 맞선에서 만난 여자를 내 편으로 만드는 데는 다른 때보다 시간이 오래 걸린다.

이런 남자들은 소개팅이 아닌 자리에서 여자를 어떻게 만나고 사귈까? 대부분 길거리나 술집 등에서 여자에게 전화번호를 물어보거나 합석한다. 친구들끼리 술을 마시는 자리에서 친구 애인의 친구를 공략한다. 나이트클럽이나 홍대 카페에서 여자를 만난다. 키 크고, 능력 되고, 스타일 되고, 훈남인 친구 둘이 저녁 일곱 시쯤 만나면 저녁 아홉 시나 열 시쯤에는 그들 사이에 반드시 여자가 두 명 옆에 있다.

카페에서 커피 마시러 온 여자들과 어울리고, 아이쇼핑하는 여자들과 안면 트고, 그것도 안 되면 클럽이나 나이트 가서 부킹이라도 하면 된다. 이런 남자들이 소개팅이 필요할 리 없다. 자기 일 하느라 바쁘고, 하루 종일 회사 업무에 매달린 탓에 여자를 만날 시간이 없어서 주말에 잠깐 시간을 내어 소개팅을 한다면 모를까, 그들은 거의 소개팅을 하지 않는다.

당신도 소개팅을 해봐서 잘 알지 않는가. 그 자리에 괜찮은 남자가 나오던가? 정말 마음에 드는 남자가 나오는가? 거리를 지나가면 멋있는 남자들이 그렇게 많은데 왜 소개팅에서는 그런 남자를 만나지 못할까 생각해보라.

계속 소개팅을 하고, 돈을 들여 결혼정보업체에 가입했다고 좋은 상대를 만날 수는 없다. 확률적으로 계산해도 그렇다. 더구나 준비되지 않는 상황에서, 웬만한 이성 한 명 사로잡지 못하는 상황에서 아무리 괜찮은 사람과 소개팅이나 맞선을 본다고 해도 결과는 마찬가지다. 홈런을 치고 싶다면 피나는 노력을 하는 게 우선이 아니라 잘못된 타격 자세부터 바꾸어야 한다.

당신만 모르는
그의 이별 신호

"얼마 전부터 그가 나를 멀리 하는 것 같아요", "그가 나 말고 다른 여자를 만나고 싶어하는 걸 알아차리는 방법이 없을까요?" 많은 여자들이 묻는 메일 첫 머리다. 요청하면 알려주는 게 연애 블로그를 운영하는 사람의 도리다.

당신의 외모를
불평하기 시작한다

남자는 시각적인 동물이다. 아무리 좋은 여자고, 현모양처고, 성격이 좋다고 해도 일단 상대의 얼굴이 내 눈에 들어오지 않으면 그것으로 끝이다.

처음 당신을 만났을 때, 그가 당신에게 무슨 말을 했는지 떠올려보라. 당연히 예쁘다고 말했을 것이다. 거짓말 조금 보태 예쁜 연예인을 꼽으며 닮았다고까지 말했을 것이다. 다 예뻐 보인다고 했을 것이다. 그런 그가 이제 볼 것 안 볼 것 다 본 사이라고, 알 것 모르는 것 다 아는 사이라고 당신의 외모에 불평불만을 하기 시작한다면? 자기 눈에 들어오는 여자가 있으면 얼마든지 대놓고 바람 피우겠다는 소리다.

당신의 얼굴은 달라진 게 없다. 당신이 예전과 달리 못생긴 것도 아니다. 그런데 그가 왜 당신의 외모를 지적하는 걸까? 처음부터 예쁘다고 생각하지 않았기 때문이다.

당신을 처음 만났을 때 그가 보기에 당신은 괜찮다고 생각하는 수준이었을 것이다. 이만하면 같이 있기에 불편하지 않다고 생각했을 것이다.

"아니에요. 그는 내 눈을 똑바로 바라보면서 정말 예쁘다고 말했어요."

이렇게 믿고 싶은가? 믿고 싶으면 믿어라. 하지만 그렇게 믿을수록 언젠가는 그에게 차인다. 언젠가는 그가 당신과 다른 여자를 동시에 만나고 있음을 알게 될 것이다. 예쁘다는 말은 여자가 좋아하니까 남자들이 하는 말이다. 별로 예쁘지 않은데, 그럭저럭 봐줄 만한데 "너는 그럭저럭 봐줄만하게 생겼다"고 대놓고 말할 간 큰 남자는 없다. 예의상 예쁘다고 말하는 것이다.

여자들의 마음은 그런 것 아닌가. 거짓말인 줄 알지만 예쁘다는 말에 기분이 좋지 않은가. 거짓말인 줄 알지만 예쁘다고 말해주어야 하는 것 아닌가. 이를 잘 아는 남자일수록 그렇게 말한다. 그리고 당신에게 얻을 것 얻었다 생각하면 당신의 외모가 점점 눈에 거슬리게 된다. 당신이 그의 눈에 들게 하고, 그가 지적한 외모를 바꾼다고 하더라도 한번 못생겨 보이고 질려버린 여자는 영원히 답이 없다.

바뀌려고 애쓰지 마라. 그가 긴 머리를 좋아한다고 미용실 가서 머리카락을 새로 붙이는 쇼는 하지 마라. 어차피 그런 남자는 반드시 당신에게 이별을 통보하기 마련이다.

마음이 떠나면 투자하지 않는다

연애해본 여자라면 누구나 알겠지만, 당신을 좋아하는 남자와 데이트했을 때 느낌이 어땠는가? 그가 당신에게 잘해주려고 한다. 그가 아는 괜찮은 곳으로만 데려가려고 하고, 준비도 철저히 할 것이다. 반대의 경우를 생각해보라. 그와 끝낼 때쯤 데이트 장소는 처음에 비해 상당히 볼품없었을 것이다. 데이트 질이 떨어진다는 것은 이별 신호나 다름없다. 그가 당신에게 돈을 쓰고 싶지 않다는 증거이기 때문이다.

돈을 쓰지 않는다는 것은 투자하고 싶지 않다는 뜻이다. 상당히 매력적이라고 생각해 특정 주식을 샀다고 치다. 하지만 뺄 것 다 빼먹은 뒤 그 주식이 떨어지면 미련 없이 투자 금액이라도 회수하려고 한다. 이와 똑같다. 이미 마음이 떠난 당신을 만나 밥 사주고, 술 사주고, 기념일을 챙길 이유가 없다. 어차피 그가 마음에 둔 여자도 아니고, 그가 결혼할 여자도 아닌데 당신을 계속 만나야 할 이유가 없기 때문이다.

이 글을 빌어 한 가지 덧붙이면, 그가 경제적으로 힘들다고 해서 자신이 데이트 비용 다 내면서까지 그와 만나는 여자는 바보 중의 바보다.

이것은 돈 없는 바람둥이 남자들의 전형적인 수법이다. 그 여자를 꼬실 때는 달러 빚이라도 내어 그녀에게 있는 척하지만 그녀를 꼬셨다고 확신이 들 때는 그녀에게 돈을 쓰라고 말한다. 그렇게 한 달 두 달 열심히 데이트 비용 써가면서 만난다고 그가 알아줄까? 세상에 이런 여자는 없다고 생각할까? 결국에는 그에게 이용당했다는 사실만 깨닫고 만다.

전화하기 힘들고
문자가 짧아진다

대부분 연애 초반을 보면 남자가 여자에게 하루에도 수없이 전화하고, 그녀에게 먼저 문자 메시지를 보내고, 그녀와 수시로 카카오톡을 한다. 10분 전에 전화했는데 또 전화를 걸고, 심심하다며 놀아달라며 애교도 부리고, 시도 때도 없이 당신이 뭘 하는지 궁금해 할 것이다.

그런 그가 지금은 어떻게 행동하는가? 전화를 받더라도 아주 짧

게 끝낸다. 일이 있다며 나중에 연락하겠다고 한다. 나중에 통화하
자는 말이 더 많이 나온다. 문자를 보내도 '알았다', '그래'라는 짧
은 글만 오지 않는가.

그렇다면 그는 이미 당신에게 흥미가 떨어질 때로 떨어진 것이
다. 권태기라서 그럴 수 있다고 위안하지 마라. 애정이 식을 수도
있다고 생각하지도 마라. 그가 당신과 통화하지 않는다면 분명히
다른 짓을 하고 있는 중이다. 그것이 무엇이겠는가? 다른 여자와
열심히 통화하고 있는 것이다.

목소리만 들어봐도 알아차려야 한다. 다정다감했던 그의 목소
리가 어느새 거칠어졌다면, 통화하기 싫다고 노골적으로 말하지
는 않지만 당신의 말에 집중하지 않는다면 그는 이미 당신과 헤어
질 준비를 하고 있는 것이다.

여자가 아무리 직감이 뛰어나다지만, 그 신호를 짐작하면서도
믿지 않으려 한다. 그가 사랑한다고 말했다고, 그가 "너밖에 없다"
고 말했다며, 그 말만 믿으려 한다. 그러나 이건 아니다. 믿고 싶다
면 그의 말을 믿지 말고, 그의 행동을 보고 그를 믿어야 한다.

"그렇다면 나보고 어쩌란 말이에요?"

화를 내며 물을 것이다. 대답은 간단하다. 당신도 그가 아닌 다
른 남자를 찾아나서야 한다. 절대로 이별 신호 때문에 그에게 불평
불만을 터뜨리지 마라. 여자는 남자와 달리 이별을 준비하는 데 오
랜 시간이 필요하다. 그때 가서 울고 불며 애원하지 말고, 혼자 모

든 상처를 끌어안으려 하지 말고, 신호가 정확하다면 용기 있게 자리에서 일어나라. 힘들겠지만 당신이라면 충분히 훌훌 털고 일어설 수 있다.

못생겨도 예쁜 여자를
만나는 남자들

'못생긴 것 같은데 어떻게 예쁜 여자를 데리고 다닐 수 있죠?' 그의 연애 비법이 궁금한가? 여자들도 남자의 얼굴을 따진다고 하는데 어떻게 저런 남자를 사귈 수 있는지 궁금한가? 하소연이라도 하고 싶은가?

모 아니면 도,
신공을 작렬한다

　　못생긴 남자들, 특히 여자에게 인기 없는 남자들일수록 가장 눈에 띄는 것은 자신감이라곤 눈을 씻고 봐도 없다는 점이다. 늘 여자들에게 차이며 살다 보니 그런 것이다.

　여자를 만나 남들처럼 밥 사주고, 커피 사주고, 술 사주었는데, 영화도 같이 보았는데, 진심으로 여자에게 최선을 다했는데, 그녀에게 좋아한다, 사귀자고 할 때도 정식으로 프러포즈를 했는데 왜 만나는 여자마다 싫다고 할까? 그런 여자들이 바람둥이나 나쁜 남자를 만나면 쉽게 빠져드는 것을 보면 대한민국 여자들은 전부 정신 나갔다며 욕이라도 해주고 싶을 것이다. 이런 마음, 충분히 이해한다.

나는 중고등학교 때부터 여자를 좋아했다. 그래서 여자들에게 많이 들이댔고, 사귀자는 말도 많이 했고 많이 차였다. 하지만 지금은 여자에게 언제 버림을 받았는지 기억조차 나지 않는다. 똑같은 얼굴이고 똑같은 모습인데 그때는 왜 그렇게 차였고 지금은 버림받은 기억조차 나지 않을 정도로 연애에 성공하는 걸까? 그 이유는 자신감의 차이 때문이다.

여자에게 인기 없다고 호소하는 남자들을 컨설팅해줄 때 나는 이 말부터 한다.

"여자 앞에서 절대로 우물쭈물하지 마라."

남자가 자신감이 없으면 여자들이 싫어한다.

'어떻게 그 얼굴을 당돌하게 내게 들이댈 수 있는 거지? 그런 자신감은 어디서 나오는 거지?'

이런 생각을 심어줄 필요가 있다. 만약 이렇게 했다가 실패한다면 다른 여자를 만나면 된다. 세상에 마음에 드는 여자가 어디 그 여자 하나밖에 없는가. 널리고 널린 것이 여자들이다. 특히, 강남의 유명 백화점이나 강남역 앞, 압구정동에 30분만 서 있어도 괜찮은 여자들이 줄기차게 지나가고 있다.

나중에 뭐라고 할지 걱정하지 말고, 미친 놈이라고 짜증내더라도 과감하게 들이대라.

"나는 말재주가 약하고, 스타일도 안 좋은데 될까요?"

걱정하지 마라. 100명에게 들이대 100개의 연락처를 받지 못하더라도 101번째 여자에게 연락처를 받을 수 있는 것이 헌팅이다. 100명에게 들이대는 민망함을 어떻게 할까 걱정하는데, 어차피 당신을 버린 100명의 여자는 당신을 기억하지도 못한다. 하루만 지나면 다 잊어버린다.

대부분의 바람둥이 남자들이 여자에게 작업할 때 어떤 생각을 하는 줄 아는가? 그들은 '모 아니면 도'라는 생각으로 작업 멘트를 던지고 작업 기술을 발휘한다. 그러다가 그 기술이나 멘트에 호응해주고 넘어오는 여자를 낚아채는 것이다. 작업에 실패해도 아쉬울 게 없다. 자기만을 바라보는 여자가 있기 때문에 그녀에게 돌아가면 된다. 그렇기 때문에 자신감이 있는 것이다.

인기 없는 남자들이 자신감을 갖지 못하는 결정적인 패착이 여기에 있다. 그녀가 아니면 안 된다는 생각에 사로잡혀 있는 것이다. 그러니까 그녀 앞에서 작아지고 생각도 많아지는 것이다. '이렇게 하면 좋아할까?', '이렇게 하면 어떻게 생각할까?' 상상만 하다가 언제 여자를 사귀고 언제 연애할 것인가? 낚싯대를 던지기 전에 이곳일까 저곳일까 두리번거리다가 다른 사람이 대어를 낚아간다. 무조건 던지고 보는 것이다. 낚싯대를 던져야 고기를 낚을 것 아닌가.

자신과 현실을
냉정하게 받아들인다

내가 만나는 여자들은 내게 이런 말을 자주 한다.

"남자는 대부분 자기가 잘생긴 줄 알거나 보통은 된다고 생각한다."

여자에게 인기 없는 남자들이 스스로 괜찮게 생겼다고 말하는 것을 볼 때마다 나는 실소를 금치 못한다. 자기가 잘생겼다고 생각한다면 마빡이 캐릭터로 유명한 개그맨 정종철과 비교해보라. 그가 개그맨이라는 타이틀을 빼고 자신의 재능만으로 여자들에게 소개팅을 한다면, 당신이 그럴 때보다 더 많은 연락처와 애프터를 받을 수 있다고 나는 감히 단언한다. 왜냐고? 그는 그 얼굴로 살아남는 방법을 알고 있기 때문이다. 그는 그 키로 살아남는 방법을 알고 있기 때문이다. 그는 자신을 알기에 여자에게 어필하는 방법도 알고 있다.

하지만 이 글을 읽는 당신은 '내가 아직 좋은 여자를 만나지 못했'거나 '나를 알아주는 여자를 만나지 못했'고 생각한다. 이 작은 차이가 엄청난 결과로 나타난다.

나 역시 못생긴 부류 중 한 명이다. 못생겼기 때문에 더욱 더 노력했고, 더 배우려고 했고, 지금도 그러고 있다. 괜찮은 연애 방법이 나오면 그것을 배우려고 하고, 배가 나오면 운동량을 늘인다. 스타일이 떨어진다 싶으면 아이쇼핑을 몇 시간 넘게 해서라도 감각을 다시 찾고, 유머감각이 떨어지면 며칠 동안 예능 프로그램이나 재미있는 이야기를 보고 읽으면서 감각을 끌어올린다.

당신은 어떤가? 퇴근하고 집에 가면 인터넷 게임으로 시간을 때우지 않는가?

내가 할 줄 아는 오락은 한 가지밖에 없다. 스타크래프트. 그것도 하루에 한 게임 이상 하지 않는다. 요즘에는 하루에 두 게임이 아니라 한 달에 두 게임도 거의 하지 못하고 있다.

여자를 사귀는 데 아무 쓸모가 없으니까 하는 횟수가 현저히 줄어들었다. 여자에게 어필하는 데 이 게임을 들이댈 수는 없지 않은가.

모자란 만큼 배우려는 열정까지 모자라서는 안 된다. 수많은 연애서적이나 연애 고수들이 남자들에게 하는 말은 똑같다.

"모르면 배워라."

그리고 고맙게도 그들은 여자에게 어필할 수 있는 수만 가지 방법을 남겨두었다. 얼마나 좋은 세상에 살고 있는가. 입맛대로 고를 수 있고, 취향대로 배울 수도 있다. 그런데도 당신은 단기간에 성적이 나오지 않는다는 이유로 배우지 않았다. 그때 그 순간부터 바뀌기 시작했다면 지금 당신은 새롭게 태어날 수 있었을 텐데도.

그때 그것을 별 것 아니라고 생각했기에 많은 시간을 흘려보냈고, 지금 나이가 발목을 잡고 현실이 발목을 잡고 있는 것이다. 이렇게 찌질하게 살고 싶은가?

'지금 와서 무슨 연애고, 지금 와서 무슨 변신이고, 지금 와서 무슨 자기 계발이란 말이냐?'

그 나이에도 정신 차리지 못하고 이렇게 생각할까 무서워진다.

누구도 아닌 나만의 필살기 만들기

'도대체 저 남자를 뭘 보고 좋아할까?'

미녀와 야수 커플을 보면서 이렇게 생각했을 것이다. 당신은 그의 외적인 모습만 평가하겠지만, 그 여자 입장에서는 이 세상에서 어느 누구보다 멋있기에 그를 선택한 것이다.

"여자는 남자의 어느 한 부분에 꽂히는 경향이 있다."

이 말을 알고 있는가? 남자는 여자가 예뻐야 눈에 보이지만, 여자는 그 남자의 매력을 먼저 본다. 당신의 매력은 무엇인가? 콘셉트를 확실하게 잡아야 한다. 이것도 저것도 아닌 것으로 상대에게 어필하는 순간 죽도 밥도 되지 않는다.

예전에 잘생긴 남자를 좋아하는 여자를 만난 적이 있다. 내가 재미있는 말로 이야기하고 좋은 것을 사준다면 그 여자가 넘어올까? 상황을 알아야 행동할 수 있다. 그래서 나는 그녀에게 제안했다.

"6개월 동안 운전기사가 되어줄게."

그러자 그녀가 이렇게 주문했다.

"새벽에 전화하고, 아침에 전화하고, 기사 필요하다고 하면 언제든 콜이지?"

"콜!"

처음에는 그녀가 전화하지 않았다. 이런 약속을 한다고 해서 그녀가 덥석 전화하겠는가. 내가 먼저 그녀에게 문자를 보내면서 어필했다.

'기사 24시간 대기 중. 언제든지 전화 주면 달려갑니다.'

그녀가 술 마신 후 필요할 때 부담 없이 내게 전화했다. 그렇게 3개월 만에 그녀를 내 편으로 만들 수 있었다.

지금은 추억처럼 이야기할 수 있지만 그때는 너무나도 힘들었다. '이렇게까지 해야 하는 걸까?' 고민도 많이 했다. 하지만 이것이 가장 빠른 방법이라고 생각했다. 그녀는 못생긴 남자를 싫어한다. 그런데 나는 못생겼다. 그렇다면 방법은 하나뿐이다. '자주 보면 정 든다'는 말을 믿을 수밖에 없는 것이다.

내가 그녀에게 어필한 것은 꾸준함과 진실된 마음이었다. 물론 당시 내가 진실된 마음으로 그녀에게 다가간 것은 아니었지만, 그녀의 눈에 그렇게 보였다는 것만은 엄연한 사실이었다.

왜 내 경험을 언급하는지 짐작했을 것이다. 안 될 수도 있다는 생각은 가지되 여자가 빠질 수 있는 한 가지라도 만들어 그녀에게 어필하라. 나 역시 산전수전 공중전까지 겪어보았지만, 그녀에게 운전기사 노릇을 할 때 그녀를 사로잡을 수 있을까 고민을 많이 했다. 하지만 그녀에게 맞는 방법은 그것밖에 없었다. 그리고 중요한 것은 내가 그녀를 얻고 싶다는 것이었다. 그렇다면 그 방법을 사용할 수밖에 없었다. 아니면 그녀를 포기하면 그만이었다.

매력은 반드시 잘생기고, 돈 많고, 키가 큰 것이 전부가 아니다. 그녀가 좋아하고 호감을 갖는 것을 활용해, 그녀에게 어필하는 방법을 사용해, 그녀를 얻을 수 있는 것이 무엇인가를 곰곰이 생각하고 실천하는 것이 당신만의 매력을 만든다.

누구나 괜찮은 상대를 사귀고 싶어하고 그런 사람에게 사랑받고 싶어한다. 그렇다면 그런 상대를 얻을 수 있는 기회를 만들고 있는가? 기적은 그냥 일어나는 것이 아니다. 로또 1등 당첨도 복권을 사야 당첨될 확률이라도 있다. 아무것도 하지 않는 채 1등을 바라는 짓은 손가락질만 받을 뿐이다.

20대에게 알려주는
연애의 현실

지금까지 10년 가까이 블로그를 운영하고, 연애 기술을 알려주고 있으며, 연애 때문에 힘들어 하는 이들의 고민을 상담해왔다. 이들 중 20대는 연애를 제대로 접하는 시기고, 꿈 많고 순수했던 소녀에서 숙녀로 탈바꿈하는 때다. 하지만 인생에서 가장 화려해야 할 이 시기에 의외로 연애 때문에 고민하는 이들이 적지 않다.

20대 초반,
사랑의 아픔과 만나다

'빨리 커서 스무 살이 되고 싶다.'

누구나 어릴 때 이렇게 생각했을 것이다. 학교와 도서관, 학원, 야간 자율학습에 시달리다가 어엿한 성인인 스무 살이 되면 모든 것을 원하는 대로 할 수 있을 거라는 부푼 기대를 품는다.

그렇게 풋풋함과 싱그러움을 안고 대학 문을 여는 순간 첫사랑도 같이 찾아온다. 중고등학교 때 하던 풋내기 사랑이 아니라 진짜 사랑을 하게 된다. 남자친구를 사귀고, 남자친구와 술도 마시고,

영화도 보고, 밤늦게까지 데이트도 한다. 집 근처에서 첫 키스도 해보고, 더러는 첫 경험도 하게 될 것이다. 그렇게 시간이 흘러 남자친구를 군대에 보내기도 할 것이다.

군대 가기 이틀 전에 남자친구를 만나 눈물도 흘렸을 테고, 너만 사랑한다고 새끼손가락 걸고 약속도 했을 것이다. 남자친구가 군대 가고 나서, 멋진 남자가 다가와 그 남자와 바람 아닌 바람도 펴보았을 것이다. 그 남자를 사랑해 군대에 있는 남자친구에게 이별 선언도 했을 것이다.

반대로 군대 간 남자친구에게 1년 넘게 편지도 쓰고, 휴가 때마다 뒷바라지했는데 제대할 때가 되어 남자친구로부터 이별 통보를 받기도 한다. 이유는 간단하다. 당신을 군대용으로 만났기 때문이다. 남자가 군대 가기 전에 사귄 여자일수록 이때 이별을 당하는 경우가 많다.

남자는 군대에 가면 이등병과 일병일 때 가장 괴롭고 힘들다. 적응도 안 되고 긴장도 많이 한다. 무엇보다 의지할 곳이 없다는 사실이 가장 힘들다. 그럴 때 여자친구로부터 오는 편지 한 통이나 면회는 군 생활의 스트레스를 푸는 데 최고다. 나 역시 군대에 있을 때, 여자친구로부터 받은 편지를 읽고 또 읽었다.

하지만 남자는 제대할 때가 되면서 고민이 생긴다. 제대하고 나면 수많은 여자, 예쁜 여자들을 자유롭게 만날 수 있는데, 제대하고 나서 그녀에게 헤어지자고 하면 그녀가 달라붙을 테고 그러면 귀찮아질 것이다.

"내가 너 군대 간 2년 동안 얼마나 뒷바라지했는데 이럴 수 있는 거니?"

이렇게 말하면 할 말이 없어진다. 그렇기 때문에 제대 날짜를 얼마 앞두고 이별을 통보한다. 군대에 찾아올 수도 없고 연락할 수도 없는 것 아니겠는가. 알아서 정리하겠지 생각한다. 특히 그가 바람둥이 기질이 있다면 더욱 더 조심해야 한다.

스무 살에서 스물세 살인 여자들은 대부분 상대의 겉모습에 반해 만난다. 중고등학교 때 연예인을 보고 열광했던 것과 같은 감정이 이 시기에도 남아 있는 것이다.

과에서 마음에 드는 남자를 만났는데, 아무 말도 못 하고 끙끙 앓다가 그가 과에서 가장 예쁘다는 여자와 캠퍼스 커플이라는 사실을 알고는 남몰래 눈물 흘리면서 짝사랑을 포기했을 것이다. 반대로 남자들이 보았을 때 괜찮다는 여자들은 괜찮은 남자, 잘생긴 남자, 키 큰 남자, 스타일 좋은 남자를 골라가면서 만났을 것이다. 첫사랑이 이루어질 수 없는 것은 이처럼 남자 보는 눈이 잘못되었기 때문이다.

잘생기고 스타일 좋은 남자에게 호감을 표시하고 좋아한다고 말하는데 그가 당신을 거부할리 없다. 하지만 당신이 그가 한눈에 반할 만큼 미모가 뛰어나다면 모를까 그렇지 않다면 그는 많은 여자를 만나고 다닌다. 친구들과 만나 술 한잔하다 보면 곁에 여자들이 꼭 있고, 없으면 술집이나 길거리에서 헌팅이라도 한다.

그 잘생기고 괜찮은 남자를 여자들이 가만히 둘 리 없다. 그렇게 내 짝으로 만든 그가 바람피운 것을 알게 되거나, 그가 다른 여자와 가는 것을 보았다는 제보를 받아 그와 대판 싸우고, 그러다가 첫사랑도 끝나고 만다.

20대 중반, 현실과 환상의 갈림길

대학을 졸업하고, 사회에 진출한다. 이제 제법 풋풋함을 벗고 아가씨라는 단어가 어울리는 시기다.

이 시기의 여자들은 자신의 외모를 객관적으로 평가하기 시작한다. 화장 기술로는 도저히 커버되지 않는다는 것을 알게 되고, 자신이 남자들에게 인기 없다는 것을 알게 되면서 성형수술도 감행한다. 여자들이 성형수술을 하기 시작하는 때가 보통 대학 4학년 겨울방학이라는 사실이 이를 반증한다.

"취업을 하려면 예뻐야 한다"는 말을 맹목적으로 믿게 되고, "여자의 권력은 미모"라는 말에 공감하면서 쌍꺼풀 수술을 하고 코 수술도 받는다. 성형수술로 달라진 여자들이라면 남자들에게 갑자기 많은 관심을 받으면서 사랑도 하게 된다. 갑자기 세상이 달라져 보인다.

하지만 이 시기에 거친 20대 후반 언니, 선배들에게 물어보면 다들 "그럼에도 불구하고 달라진 것이 없다"고 말한다. "여전히 남자에 대한 환상에서 벗어나지 못한다"고 말한다. 진정한 사랑이 있을 것 같고, 백마 탄 왕자가 나타날 것 같고, 나만 사랑해주고 나만 아껴주는 사람이 있을 것 같다고 생각하지만 현실은 그렇게 만만하지 않다고 지적한다.

돈 많은 남자가 최고라고 말하지만, 실제로 돈 많은 남자를 만나보니 스타일도 아니고, 아저씨 같고, 재미도 없어 도저히 만날 수 없다고 버티는 시기가 20대 중반이다. 그래서 20대 중반에 나이 어린 남자와 사귀는 여자들도 많다. 그러다가 또 다시 이별을 맛보고, 그에게 이용만 당한다.

현실을 있는 그대로 인정하는 것이 최선이다. 그것을 인정하지 못한 채 남자 탓만 하다 보면, '나는 잘못한 게 없어! 그가 나쁜 놈이라서 그래!' 생각하면 20대 후반이나 30대 초반에 가서야 현실을 절실하게 깨닫게 된다. 나이 들어 깨달을수록 그만큼 회복하는 데 오랜 시간이 걸린다.

20대 초반에는 그것을 인정하지 않아도 아직 젊고, 사랑의 아픔을 알게 된다면 좋은 경험이 될 수 있다. 하지만 20대 중반은 다르다. 곧 있으면 20대 후반이고 어영부영하다가 30이라는 숫자가 찍히고 만다.

사랑이라는 개념, 남자에 대한 인식을 확실하게 자리 잡아야 하는 시기가 20대 중반이다. 그래야만 20대 후반에 결혼할 수 있기 때문이다.

20대 후반에도 그렇게 아파하고, 그렇게 힘들어 할 텐가? 나이가 들면 인정하고 싶지 않아도 인정해야 된다. 왜 20대 후반이나 30대 초반의 언니나 선배들이 당신에게 그렇게 말하겠는가? 왜 "아직 어리네"라고 말하겠는가? 그것이 현실이기 때문이다. 그들도 20대 중반에 당신과 똑같이 생각했기 때문에 그렇게 말하는 것이고, 그래서 당신에게 그렇게 말할 수 있는 것이다.

20대 후반, 여전히 방법을 모른다

남자들이 보기에 당신이 괜찮은 외모와 성격을 지녔다면, 당신은 이 시기에 다섯 명에서 열 명 정도의 남자를 만나보았을 테고, 사랑이라고 말할 수 있는 남자도 서너 명은 될 것이다. 이 시기에 남자에 대해 말하라고 하면, 연애에 대해 말하라고 하면 논문을 쓸 정도가 될 것이다. 하지만 이 시기에 당신은 여자일 수밖에 없다는 사실을 깨닫는다.

남자에 대해 그렇게 잘 알고, 연애에 대해 그렇게 잘 알지만 또다시 바보 같은 사랑을 하게 되고, 그에게 모든 것을 다 주고, 의지가 약해 사랑에 얽매이기를 반복한다. 남자라는 동물은 알면 알수록 신기하다. 몇 번이나 검증했지만 남자는 점찍은 여자가 자신에게 넘어올 때까지 그녀에게 최선을 다한다. 그 때문에 여자는 어쩔 수 없이 또 당하고 만다. 〈미친 연애〉 블로그가 20대 여성들에게도 인기 있는 이유는 그만큼 그 시기에 남자에게 뒤통수 맞은 여성들이 많다는 의미이기도 하다.

20대 후반이라면 연애 서적, 연애 리뷰 등을 수없이 읽어보았을 나이다. 그런데도 그들이 쉽게 바뀌지 못하는 것은 나이에 대한 불안감 때문이다. 남자인 나도 그랬다. 서른 살이 되기 전에 어떻게든 결과물을 만들어야겠다고, 서른 살이 넘으면 늙은 것 같고, 인생이 슬픔에 잠길 것 같다고 생각했다. 하지만 서른 살이 되면 그렇게 불안할 필요가 없음을 알게 된다. 더구나 관리를 잘하면 삼십대에도 충분히 좋은 남자를 만날 수 있다. 길게 보라.

여자는 결혼을 생각하면서 남자의 현실을 많이 보게 된다. 그래서 20대 후반, 30대 초반 여자들 중에는 푸념하듯 이렇게 말한다.

"정말 아니다 싶은 남자라도 사랑해주었는데 그 남자도 결국 나를 버리더라."

처음 보았을 때 원하는 스타일이 아니었는데, 지금까지 사귄 남자와는 너무나 달랐지만 능력 하나 보고, 그의 현실을 보고 만나 사랑했는데 그가 당신을 버리면 억울할 것이다. '나는 왜 맨날 꼬이기만 할까?', '남자는 모두 바람둥이'라고 생각할 것이다.

이런 일이 일어나는 것은 산전수전 공중전 다 겪었지만 남자를 어떻게 요리하는지 전혀 모르기 때문이다. 엄마가 해주는 된장찌개나 김치찌개는 맛있다. 요리 과정에 별반 특이한 것은 없다. 그래서 직접 만들어 보면 그 맛이 나지 않는다. 어깨 너머로 대충 배웠기 때문이다. 그때 엄마는 하나하나 방법을 알려준다. 별 것 아니라고 생각한 불 조절 하나에도 엄마는 나무란다. 성급하게 익을수록 맛이 나지 않는다고 가르쳐준다.

당신의 연애에는 멘토가 꼭 필요하다. 주변 사람들 중에서 당신의 연애를 올바르게 지켜줄 사람이 필요하다. 당신이 잘못된 길을 가려고 할 때 큰 소리로 "그 길이 아니야!"라고 외쳐줄 사람이 꼭 필요하다. 나이가 많다고 배우기를 난처해하거나 부끄러워하지 마라. 산전수전 겪었다고 자부하는 당신은 아직도 배워야 할 것이 너무나 많다. 유치원에서 배우지 못했다면, 20대 중반에 깨우치지 못했더라도 지금 늦지 않다.

〈난 괜찮아〉라는 노래에 이런 가사가 나온다. 'I grew stong, and i learned how to get along.'(난 강해졌죠. 그리고 스스로 살아가는 방법을 배웠죠.) 그 사람을 사랑하더라도, 그 사람을 만나더라도 그를 통해 한 가지 이상은 배우고 깨달아야 한다. 그렇게 하나하나 쌓다 보면 사랑이 빛을 보는 날이 반드시 올 것이다.

Part 2

이런남자
만나면
평생
고생한다

그래서 당신은
진상 소리 듣는다

지금까지 소개팅해주거나 만남을 주선해오면서 여자들에게 귀에 박히도록 들은 말이 있다. "그 사람, 찌질한 남자 아니죠?" 농담하듯 말하지만 속내는 간곡한 부탁이었다. 그렇다면 첫 만남에서 여자들을 짜증나게 하고, 진상으로 꼽히는 남자는 누구일까? 당신이 소개팅 때마다 여자에게 애프터를 받지 못하는 이유는 무엇인가?

보자마자 한숨부터
나오게 하는 스타일

첫인상이 얼마나 중요한지는 말하지 않아도 다들 알 것이다. 그렇다면 잘생겨야 첫인상이 좋은 걸까? 솔직히 그건 맞다. 같은 값이면 장동건이 낫다. 잘생겨야 첫인상에 호감이 가는 것은 어쩔 수 없다. 하지만 잘생겼다고 해서 여자에게 100퍼센트 호감을 불러일으키는 것은 아니다. 나 같은 사람은 평생 여자를 만나지 못하고, 평생 여자 앞에서 좌절하면서 살아야 되는데, 현실은 전혀 그렇지 않다는 것이 이를 반증한다.

첫 만남에 상대 여자에게 호감을 유발하는 것은 그 남자의 전체적인 모습이다.

소개팅 자리에 나가기 전에 여자들은 상대의 외모에 대해 이렇게 말한다.

"얼굴은 상관없어요. 같이 다니기에 불편하지 않을 정도면 충분해요."

늘 여자에게 차이는 남자라면 이 말을 믿지 않을 것이다. 인사치레삼아 하는 말이라고 생각할 것이다. 하지만 나는 이 말을 믿는다. 이 못난 얼굴로 지금까지 많은 여자를 만났고, 지금도 만나고 있으니까. 내가 여자들 앞에서 자신 있게 말할 수 있고, 자랑할 수 있는 것은 딱 하나다. 내 외모는 떨어지지만 전체적인 모습이 괜찮다는 것이다.

전체적인 모습을 괜찮게 보이기 위해서는 스타일이 절실하다. 남자들에게 늘 하는 말이지만, 여자를 만나고 싶고 좋은 인상을 심어주고 싶다면 옷부터 잘 입어라.

남자들이 치장할 때 실수하는 것 중 하나가 자신의 외적인 스타일과는 전혀 어울리지 않는 옷을 입고 다닌다는 것이다. 패션에는 전혀 관심도 없다. 옷이란 단지 피부를 보호하는 도구일 뿐이라고 생각한다. 겨울에는 따뜻하게 입으면 그만이고, 여름에는 시원하게 입으면 장땡이라고 생각한다.

소개팅 하러 나왔는데, 두툼한 잠바를 입고 나온다면 제정신인가 싶어진다. 요즘에는 청바지를 입고 다니는 이들이 많다. 그런데 간혹 어이없는 패션 센스를 보여주는 이들이 있다. 청바지에 검정색 구두를 신거나 로퍼로 된 검정 구두를 신고 나오는 것이다. 청바지에 어울리는 신발은 스니커즈다. 아울러 청바지에 어울리는 벨트는 따로 있다. 정장바지에 차고 다녔던 벨트를 청바지에도 차고 나오지 마라. 아무리 명품 벨트라고 해도 그 벨트를 청바지에 매는 순간 그 벨트는 명품이 아니라 노점상에서 파는 짝퉁으로 전락하고 만다.

청바지를 입고 나올 때 윗옷도 신경 쓰이기 마련이다. 보통 남방을 입고 나오는데, 요즘 유행하는 체크무늬 남방을 입고 나오는 어처구니없는 짓은 하지 말기 바란다. 피부색이나 헤어스타일에 따라 그 체크무늬 남방이 바둑판으로 보일 수 있기 때문이다.

여러 연애 리뷰나 연애 관련 서적들은 첫 만남 때는 무난한 옷을 입으라고 말한다. 무난하다는 것은 욕을 먹을 틈이 없다는 말이다. 하지만 그만큼 평범하다는 말이기도 하다. 격은 필요하다.

여자들은 첫 만남에 마음이 들떠 최대한 꾸민다. 조금이라도 잘 보이고 싶어 한다. 그래서 평소보다 스타일과 화장에 더 신경 쓴다. 그렇다면 당신도 그녀와 어울려야 하지 않을까. 화려하지는 않지만 그 자리에 오기 위해 충분히 노력하고 기대하고 있다는 사실을 그녀에게 어필해야 하지 않을까.

여자는 체취에
민감하다

　　길거리를 지나가다가 악취가 나면 누구나 코를 막거나 냄새가 나는 자리를 서둘러 벗어나려고 한다. 그런데 첫 만남에 악취 수준은 아니더라도 당신에게 이상한 냄새가 난다면 어떻게 될까? 상대 여자에게는 아무것도 눈에 들어오지 않고, 아무것도 귀에 들어오지 않을 것이다. 이 자리를 빨리 벗어나고 싶다는 생각밖에 나지 않을 것이다.

　향수를 몇 개나 가지고 있는가? 향수 자체를 모르고 사는 남자들도 많을 테고, 스킨으로 향수를 대신하는 이들도 있을 것이다. 하지만 똑같은 질문을 여자들에게 하면 대부분 "최소한 두세 개는 가지고 있다"고 대답한다.

　남자들이 잘못 알고 있는 것 중 하나는 '여자는 냄새가 고약하기 때문에 향수를 꼭 뿌려야 한다'는 것이다. 그런데 왜 남자에게 더 심한 냄새가 나는 걸까? 남자 혼자 사는 방에 들어가는 순간 알 것이다. 담배 냄새와 섞여 몰려오는 냄새들……. 그 방 안에 젖은 옷들을 걸어두었다면 그 냄새가 어디로 가겠는가. 남자에게도 향수는 꼭 필요하다.

　여자들이 좋아하는 남자 향수는 여자들에게 꾸준하게 사랑받는 불가리 옴므 시리즈, 남자다움을 보여주는 폴로나 또는 디바도프, 그리고 좀 더 고급스러운 향수로는 샤넬이나 랑방 등이다. 내 몸에 맞는 향수를 고르는 게 힘들다고? 백화점 1층만 가면 점원들이 유행하는 향수부터 사람들이 선호하는 향수까지 알아서 골라준다. 비싸다고? 10만 원만 투자하면 두 달 넘게 여자를 당신의 향기에 취하게 할 수 있다.

스타일이 완성되었다면 그 스타일에 맞는 향기도 갖추어야 한다. 당신이 마음에 드는 여자와 말하고 걸어가고 있을 때, 당신의 스타일이 마음에 들고 당신에게서 좋은 향기가 난다면 그녀는 당신과 팔짱 끼고 싶어할 테고, 손도 잡고 싶어할 것이다. 향기가 호감을 불러온다.

호구조사 하러 이 자리에 왔나

소개팅 때는 만나는 여자가 몇 살이고 어떤 일을 하는지 듣고 나올 것이다. 그런데 그녀와 만나는 자리에서 그것을 캐물을까? 그렇게 할 말이 없는 걸까? 나이는 어떻게 되고, 무슨 일을 하는지, 집은 어디인지, 학교는 어디를 나왔는지 알아서 어디다 쓰겠다는 건가? 그녀는 당신에게 자신의 주민등록등본을 보여주려고 나온 것이 아니다. 남자와 여자가 처음 만나 그런 것을 물어보려고 나온 것이 아니지 않은가.

남자들 중에는 그런 것으로 상대방과 연줄을 만들려는 이들이 적지 않다. 개중에는 그것으로 말꼬리를 잡기도 한다.

"어디 사는데요?"

"화양동요."

"저 거기 알아요."

"......"

"화양동 어디요?"

"건대 근처요."

"저도 거기에 몇 번 가보았어요. 거기에 어린이대공원도 있잖아
요."

왜 이런 짓거리를 하는지 알다가도 모르겠다.

이것은 피드백이 아니라, 그녀에게 짜증만 부르는 행동이자 말
일 뿐이다. 첫 대면에 좋은 인상을 심어주고 싶다면 당부하건대 이
런 질문은 절대 하지 마라.

누차 말하지만 나는 잘생긴 얼굴이 아니다. 그래서 스타일이라
도 세련되게 차리고, 센스와 유머로 무장하는 것이다. 첫 대면에
내 인상이 마음에 들지 않는다는 여자들도 나와 이야기하면서 내
가 괜찮은 남자라고 생각하게 되고, 재미있다고 여기면서 내게 호
감이 생기는 것이다.

서로가 처음 만나고 서로가 어색한 자리에 호구조사는 아무리
재미있게 해도 서로가 지루할 뿐이다. 정말 호구조사를 하고 싶다
면 그녀를 충분히 재미있게 만들어놓고, 그 사이에 끼어 넣어 물어

보면 된다. 시간은 많다. 당장 결과를 낼 것처럼 굴지 마라. 여자를 만날 때 중요한 것은 그녀의 과거가 아니라 그녀와 꿈꿀 미래다.

마음에 드는 상대를 만나고 싶고, 마음에 드는 사람에게 잘 보이고 싶고, 그 사람과 같이 놀러 다니고 싶고, 연인도 되고 싶지 않은가? 그런 마음을 갖고 있다고 그렇게 되는 것은 아니다. 내가 지금 이 자리에 오른 것이 무임승차한 줄 아는가? 가만히 있는데 여자들이 몰려온 줄 아는가? 절대 아니다. 한때 나는 너무나 찌질했고, 바보 같았고, 여자를 너무나 몰랐다. 나처럼 바람둥이가 되라는 말이 아니다. 원하는 상대를 만났을 때, 그 사람에게 사랑받을 수 있는 최소한의 준비는 해야 된다.

연애할 때
이런 남자, 꼭 있다

남자들을 상대로 연애 고민을 상담해오면서 느낀 것이 있다. 왜 그들은 똑같은 문제로 고민하는 걸까? 상담을 받아보면 그들이 공통적으로 최악이라고 불러도 무방한 실수를 저지르는 경우가 많다. 연애할 때 이런 실수를 해서 퇴짜 맞는 남자들 꼭 있다.

못 입는 남자보다
못생긴 남자가 낫다

요즘 여자들이 남자를 선택하는 트렌드는 무엇일까? 얼굴 잘생긴 남자? 물론 좋아한다. 하지만 대부분의 여자들은 "못생긴 남자는 용서하겠지만 옷을 제대로 못 입는 남자는 절대 안 된다"고 말한다. 이런 남자와는 만나는 것 자체를 싫어한다. 이런 남자와 같이 다니면 자기도 찌질한 여자처럼 보이는 것 같고, 사람들이 뒤에서 쑥덕거리는 것 같다. 이런 여자들의 마음을 남자들은 아는가?

남자는 축복받은 종족이다. 핵폭탄급만 아니라면 키가 어느 정도만 되고 어느 정도 꾸미기만 해도 충분히 여자에게 어필할 수 있다. 남자와 여자의 차이점은 이것이다. 여자는 남자가 못생겼더라도 자주 보고 자주 만날수록 그의 마음과 성격이 눈에 보이기 시작한다. 하지만 남자는 처음 보았을 때 아니라고 단정 짓는 순간 그녀가 아무리 노력해도 절대로 그녀에게 마음이 통하지 않는다. 이런 차이 때문에 '신은 여자에게 패션과 화장이라는 기술을 가르쳤다'고 하지 않는가.

여자들은 말한다. "옷이나 스타일이 좋다면 얼굴은 얼마든지 커버할 수 있다"고. 패션 감각과 스타일을 키우기 위해 여자들은 부지런히 움직이고 또 움직인다. 남자들은 여자가 옷 한 벌 사기 위해 백화점 안을 수없이 돌아다니는 것을 이해하지 못한다.

대부분의 남자들은 자신이 마음에 들어 하는 브랜드 하나만을 선호한다. 그 브랜드 매점에 가서 마음에 드는 옷을 고르면 그것으로 끝이다. 다른 브랜드에 어떤 옷이 나왔는지, 어떤 스타일이 있는지에 대해서 전혀 신경 쓰지 않는다. 백화점에 들어서는 순간 그 브랜드가 있는 곳으로 직행하고, 그곳에서 셔츠에서 바지를 해결한다. 그 브랜드의 광고 모델이라도 될 심사다.

당신이 옷을 제대로 못 입는 결정적인 이유는 한번 굳어진 자기만의 스타일을 바꾸려고 하지 않는다는 점 때문이다. 한번 아저씨 같은 패션에 물들면 영원히 아저씨 같은 패션을 고집한다. 결혼해서 10년 지난 아저씨도 아니고, 결혼하지 않는 30대 초중반의 남자가 이렇게 입고 다니는데 어떻게 여자들이 마음에 들어 하겠는가.

미혼의 여자는 나이가 들면 들수록 외모나 패션에 더 신경 쓴다. 나이 어린 여자들에게 밀리고 싶지 않기 때문에 그러는 것이다. 나이가 든 만큼 최소한 발악이라도 한다. 이에 반해 남자는 30대가 되면 나이가 들었다며 20대처럼 입지 못하겠다고 최대한 발악한다. 하지만 30대에도 20대처럼 체인 같은 것 두르고 찢어진 청바지를 입고 다니라는 말이 아니지 않은가. 최소한 여자들이 보았을 때 옷을 잘 입는다, 패션 감각 있다는 말은 들어야 하지 않을까. 옷이 너무 비싸 사지 못하겠다고? 그런 생각은 처음부터 하지도 마라. 나는 명품이라고 부르는 브랜드도 많이 가지고 있지만 동대문에서 산 보세 옷들도 많다.

같은 옷이라면 저가 브랜드 로고가 보이는 옷보다는 보세 옷을 입는 게 낫다. 티셔츠에 저가 브랜드의 로고가 박혀 있다면 여자는 그 남자도 저가 브랜드처럼 생각한다. 지갑, 시계, 벨트, 구두는 좋은 것을 사라. 그 외에 입는 옷들은 보세 옷도 괜찮다.

나는 동대문에 나가면 둘러보는 매장만 서른 군데가 넘는다. 열 군데의 매장 주인과는 형 동생처럼 지낸다. 내가 패션 잡지에 나온 화보를 보고 매장 주인에게 비슷한 옷을 구해달라고 하면 그들은 반드시 구해준다. 안경, 구두, 장신구까지도 구해준다. 대한민국만큼 아이템이 다양하고, 수많은 옷을 구비한 나라도 없다. 인터넷을 뒤지거나 쇼핑몰 몇 군데만 봐도 잡지에서 보았던 패션을 충분히 따라할 수 있다.

그런데 왜 하지 않는가? 부끄러워서? 사람들이 쳐다볼 것 같아서? 사람들이 쳐다보는 것은 당신의 패션 감각이 뛰어나서라는 생각은 왜 하지 않는가? 옷을 못 입는 순간, 패션 감각이 뒤떨어진 순간 당신의 외모는 더 못나 보인다.

숨어 지내다가
지금에야 연락하는 2

남자라면 누구나 자존심을 갖고 있다. 자존심에 죽고 사는 것이 남자라는 말도 있으니 말이다. 그런데 그 자존심을 왜 엉뚱한 곳에 발휘하는지 모르겠다.

한 여자를 만났다. 마음에 든다. 그녀와 사귀고 싶다. 그래서 그녀에게 최선을 다해 잘해주었다. 서너 번 정도 만난 후 용기를 내어 그녀에게 고백했다. 하지만 그녀는 당신이 아직 남자로 보이지 않는다고 말한다. 여기서 남자들은 최악의 실수를 저지른다. 그녀가 고백을 받아주지 않자 그녀를 포기해버린다. 연락하지 않는 것이다. 그전까지 정성스럽게 하루에도 몇 번이나 전화하고, 문자 메시지도 보내고, 카카오톡도 했는데 차였다고 그 후로는 연락하지 않는다.

그렇게 일주일 정도 흘러 친구들과 술자리를 하면서, 꼭 진상 짓을 한다. 그때 그녀에게 전화를 하거나 문자 메시지를 보내는 것이다. 그러면 그녀가 좋아할 것 같은가? "왜 일주일 만에 전화했어?", "얼마나 연락을 기다리고 있었는지 알아?", "그동안 무슨 일 있었어?" 이렇게 나올 것 같은가? 천만의 말씀이다. 일주일 동안 연락하지 않다가 갑자기 술 마시고 전화하거나 밤늦게 불쑥 전화할 경우 여자들의 생각은 똑같다.

'정말 정 떨어지게 하는 방법도 가지가지다.'

짜증이 쓰나미로 밀려온다.

고백이 실패해서 자존심에 상처를 입었다면, '잘 먹고 잘 살아라' 생각하고, 연락하지 않겠다고 마음먹었다면 다른 여자를 찾아라.

그런데도 불구하고 미련이 남고, 또다시 연락하고 싶은데 마음을 받아주지 않는 그녀에게 어떻게 해야 할까? 그녀의 마음이 돌아설 때까지 노력한다는 것을 말하고 보여주어야 한다. 그리고 장기전으로 들어가야만 한다.

그런데 받아주지 않는다고, 그녀가 나를 어장 관리한다고 생각하고 그렇게 멋있게 돌아서 놓고, 한동안 연락하지 않다가 술김에 연락한다면 그녀가 아무리 당신을 좋게 보았다고 해도 성공 확률은 떨어진다. 그 공백 기간 동안 그녀도 마음 정리를 끝냈기 때문이다.

불이 꺼진 아궁이에 다시 불을 지피려면 얼마나 힘든지 잘 알 것이다. 하지만 작은 불이라도 남아 있다면 불은 훨씬 더 빨리 타오른다. 꺼지기 전에 다시 불을 지펴야 할 것 아닌가. 다들 알고 있는 사실인데, 왜 마지막인 것처럼 하는가?

내 부끄러운 경험담을 꺼내본다. 내가 20대였을 때 7년을 친구처럼 사귄 여자가 있었다. 그녀는 내게 "오빠와는 오빠 동생으로만 지내자"고 자신 있게 말했다. 그런 그녀가 7년이 흐르자 남자를 보는 눈과 마인드가 달라졌다. 그렇다고 내가 7년 동안 그녀만 바라본 것은 절대 아니다. 다른 여자를 많이 만났다. 어차피 그녀와는 오빠 동생 사이인데, 내가 다른 여자를 만나고 다니는 게 문제될 것이 없었다. 그녀와는 한 달에 한두 번 만나 간단하게 두세 시간 데이트도 했다. 이후 서로 다른 길을 갔지만 그녀를 후회해본 적은 한 번도 없다.

물론 좋아하는 상대를 사로잡지 못할 수도 있다. 하지만 그렇다면 좋은 오빠 동생 사이로 남을 수는 있지 않은가. 그녀에게 좋은 여자를 소개받을 수도 있고, 그녀에게 조언도 받을 수도 있지 않은가. 그것만으로도 당신의 연애에 상당히 도움이 될 수 있다는 생각은 왜 하지 않는가?

퇴짜 맞았다고
서둘러 도망치는 진상

　　요즘 남자들은 한두 번 만난 상대가 적극적으로 나오지 않으면 바로 포기해버린다. 내가 수많은 연애 케이스를 만나면서 느낀 점은 그렇게 쉽게 포기하는 이들이 갈수록 늘고, 그럴수록 원하는 상대를 얻을 수 없다는 것이었다.

　웬만큼 생긴 여자들, 남자를 웬만큼 만나본 여자들일수록 남자에 대한 경계심을 갖고 있다. 바람둥이나 나쁜 남자에게 당한 경험이 있기 때문이다. 그리고 당신은 그녀들이 경험한 바람둥이나 나쁜 남자들에 비해 떨어진다. 하지만 남자들은 그것을 인정하지 않으려고 한다. 그런 남자에 비해 자기가 부족한 게 하나도 없다고 생각한다.

　남자라면 좋아하는 여자에게 잘해주고, 최선을 다했을 것이다. 어떻게든 그녀를 얻기 위해 노력했을 것이다. 그런데 당신 곁에 그녀가 없다는 것은 결국 그녀가 당신을 버렸다는 뜻이다. 그래서 당신은 결심한다.

　'두세 번 만나서 나를 좋아하지 않는다면 미련 없이 포기하자.'

　30대 남자들일수록 이런 생각이 강하다. 하지만 10대들도 이렇게 생각한다. 이런 생각을 갖고 미팅이나 소개팅을 많이 했지만 10대들의 결과도 마찬가지다. 호감을 갖고 다가오는 여자가 없다. 문제는 30대든 10대든 연애를 잘 하지 못하고, 상대를 잘 모르고, 스타일도 좋지 않고, 말도 잘 못한다는 점이다. 30대만의 문제가 아니라는 것이다.

자신의 현재 모습, 자신의 연애 방법, 자신의 마인드를 객관적으로 들여다보아라. 최적화되어 있다고 생각하는가? 충분히 여자가 빠져들 수 있다고 자신하는가? 1년 동안 소개팅을 많이 했는데도 결과가 좋지 못했다면 문제는 당신 자신이다. '나를 좋아하는 여자를 만나지 못했다'고 생각하는가? 오히려 어떤 여자가 보아도 당신이 호감 가는 스타일이 아니라는 점을 돌아보아야 한다.

여자를 사귄 적이 있을 것이다. 당신 때문에 울고불고 했던 여자가 있었을 것이다. 하지만 그런 여자를 또다시 만날 수 있으리라는 보장은 없다.

자기에게 잘해주기 때문에 그 남자와 사귀는 여자들이 의외로 많다는 것을 알기 바란다. 얼굴은 마음에 들지 않지만, 스타일이 마음에 들지 않지만 내게 최선을 다하고, 내게 모든 것을 바치는 남자라면 여자만큼 그 마음을 잘 알아주는 존재는 없다.

그게 한두 번 만나서 되겠는가? 최소한 네 번 이상 만나 진심을 보여주어야 한다. 당신이 30대 여자를 만나고 있다면, 30대 여자들은 그런 센스가 없다고 생각하겠지만 30대 여자일수록 오히려 그런 남자에게 마음이 가는 법이다.

내 블로그에 오는 여자들의 상담 메일을 열어 남자들에게 보여주고 싶은 심정이다. '사람만 괜찮다면'이라는 전제를 붙여 남자를 만나는 여자들이 의외로 많다. 그런데 왜 쉽게 포기하는가?

당신을 보자마자 좋아하고, 애교를 부리고, 적극적으로 나올 여자는 없다. 아무리 창조적인 예술 작품이라도 하루아침에 이루어지는 것은 없다. 정성들인 만큼 가치가 돋보이는 법이다.

처음 만나 여자를 조수석에 태웠다면, 그녀에게 안전벨트를 매워주기 위해 머리를 그녀의 가슴에 밀착시키는 짓은 하지 마라. 처음부터 이렇게 행동하면 상대는 싫어한다. 그것을 매너라고 생각하지도 마라. 사랑받고 싶다면 무엇을 어떻게 해야 하는지부터 알고 행동하기 바란다.

이런 행동이
그녀를 질리게 한다

사랑하게 되면 상대만 바라보고 상대에게 헌신하지만 사랑에는 유통기간이 있고 아무리 행복해 보이는 사랑도 지치게 마련이다. 더구나 처음에는 눈에 보이지 않던 사소한 말과 행동이 상대를 짜증나게 하기도 한다. 습관처럼 굳어버려 자신은 깨닫지 못하지만 상대를 짜증나게 말과 행동……. 문제는 그렇게 말하고 행동하면서도 자신의 잘못을 모르고 있다는 점이다.

똑같은 데이트를
반복하고 있는가

남자들은 데이트 스케줄을 정할 때 밥을 먹고, 커피를 마시고, 술을 마신다. 아니면 영화를 보고, 밥을 먹고, 커피를 마시고, 술을 마신다. 연애에 능숙하든 연애에 서툴든 남자들이 생각하는 데이트 코스는 거의 같다. 차이가 있다면 장소와 질적인 내용이 다르다는 것뿐이다.

밥을 먹더라도 종류는 여러 가지다. 그런데 만날 때마다 삼겹살

먹고, 부대찌개 먹고, 닭발이나 먹다 보니 여자가 질려버린다. 술을 마셔도 맨날 탕 하나와 안주 한 접시 시켜 놓는 게 전부다 보니 여자들이 당신을 뻔하게 보는 것이다. 데이트할 장소는 많다. 데이트를 즐길 수 있는 곳은 수없이 많다. 그런데도 시내와 번화가밖에 모르는 것이 문제다.

여자는 분위기에 약하다. 그래서 데이트할 때 스카이라운지도 가고, 한강이 한눈에 내려다보이는 곳도 가고, 와인 바도 가고, 분위기 좋은 레스토랑을 찾아가는 것이다. 왜 그렇게 해야 하는지 아직도 모르겠는가? 당신이 이렇게 신경써주고 아껴준다는 점을 그녀가 깨닫게 해주기 위해서다.

만약 그녀의 헤어스타일이 바뀐 것 같다면? 만나기로 한 날, 그녀의 헤어스타일이 바뀌기는 했는데 눈에 띄게 바뀐 것은 아니라면? 그 모습을 보자마자 헤어스타일이 바뀐 것을 말해주면 여자는 '내 헤어스타일도 신경써주는구나' 생각할 수 있다. 하지만 감동은 약하다.

그녀의 외모에 변화가 있음을 알아차렸다면 평소와는 다른 데이트 코스를 잡는 것이 좋다. 평소에 가는 곳보다 좀 더 비싸고 고급스러운 곳으로 그녀를 데리고 간다. 그러면 그녀가 이렇게 물을 것이다.

"오늘 무슨 날이에요?"

그때 어떤 대답이 나올지는 당신도 알 것이다.

"아주 중요한 날이죠. 당신이 내게 예쁘게 보이려고 머리까지 손질하고 온 날이죠."

이런 멘트라도 할 수 없나? 이런 센스라도 없는가? 낯간지럽다고 거부하기 전에, 그녀에게 당신을 각인시키려면 그만한 노력은 필요하다. 좀 더 고급스럽고 분위기 있는 곳에서 그녀에게 이렇게 말할 수 있는 당신이라면 그녀는 호감이 백 배 높아질 것이다. 그런 데이트가 어떻게 평소와 같을 수 있겠는가.

코스가 늘 같고 똑같은 장소에서 데이트한다고 해도 그때그때 어떤 의미를 부여하고, 어떻게 전개하느냐에 따라 색다른 데이트가 될 수 있고, 당신을 바라보는 시선도 달라진다. 다들 똑같이 데이트하고 당신과 별반 다를 것 없다고 말하지만, 왜 그들은 성공하고 당신은 왜 돈 많이 들이고도 어필하지 못하는지 그 이유를 정확하게 알기 바란다.

'힘들다'는 말을 달고 사는 남자

아무리 세상이 변해도, 아무리 남자보다 능력도 좋고 돈도 잘 버는 여자들이 있다고 해도 한 가지 변하지 않는 법칙은 있다. 남자는 남자다워야 하고, 여자는 여자다워야 한다는 것이 그것이다.

그녀가 당신과 사귄 이유 중 첫 번째는 당신이 남자로 보였기 때문이다. 그녀에게 당신이 남자로 보였다는 것을 결코 잊지 말기 바란다. 당신이 남자답게 보이기 위해 그녀에게 했던 행동, 그녀에게 속삭였던 말들을 잊지 말기 바란다. 남자다움이 사라질 때 그녀는 남자다움이 분명한 다른 남자를 만날 수 있기 때문이다. 남자다움이 없는 당신에게 애정을 느끼지 못할 수 있다.

여자는 아무리 강한 척하고, 아무리 외유내강이라고 외쳐도 남자에게 의지할 수밖에 없다. 특히 사랑하는 남자에게 위로받고 싶어하고 그런 그에게 의지하고 싶어한다. 그런데 당신이 그렇게 해주지 못한다면 처음에는 사랑이라는 힘으로 극복하려고 하겠지만 시간이 지나면 지날수록 여자도 지친다.

그녀를 만나면서 카드 값이 평소보다 100만 원 더 많이 나왔을 때 "너 만나고 나서 카드 값이 장난 아니게 나왔어" 그녀 앞에서 대놓고 말하는 순간에 당신은 찌질한 남자가 되고 만다.

물론 매달 100만 원이 넘는 돈을 퍼부을 수는 없는 일이다. 이럴 경우에는 데이트하고 나서 분위기 좋은 곳에서 당신의 속마음을 그녀에게 솔직하게 꺼내놓으면 된다. "너 만나고 나서 경제적으로 조금 힘들어졌다." 그녀는 당신이 지금까지 자신에게 쏟은 돈이 정확하게 얼마인 줄 모르지만 대충 어느 정도는 되리라고 생각하고 있다.

더구나 그런 말을 한 뒤라도, 그녀가 계산하려고 할 때 "아무리 힘들어도 사랑하는 여자에게 술 한 잔 못 사주겠나." 이렇게 말하면서 계산하는 남자는 반드시 다음 데이트 때 그녀에게 보상받는다. 정상적인 연인이라면 그녀는 분명히 그렇게 한다.

그녀를 만나는 게 쾌락 때문이라니

　　서로 좋아하는 사이가 되면 육체적인 관계에 집착하는 남자들도 있다. 여자 입장에서는 상대의 그런 마음을 눈치 챘을 때 따끔하게 혼내기는커녕 사랑이라는 핑계로 모르는 척 넘어간다. 이처럼 상대를 배려해주려는 마음이 남자를 더욱 더 그렇게 만든다는 사실도 모른 채 말이다.

　나도 한때 쾌락을 좇아 다녔다. 하지만 시간이 흐른 지금, 생각해보면 왜 그때 그렇게 행동했는지 부끄러워진다. 그때 내가 그녀에게 사랑이라는 추억을 주지 못했다는 생각에 후회가 많다.

　당신의 행동을 한번 되돌아보기 바란다. 만나서 그것부터 하자고 하거나, 데이트는 되도록 간단하게 하고 쉬러 가자는 말을 대놓고 하거나, 밤늦게 그녀를 찾아온 이유가 그것 때문은 아닌가? 더구나 그녀를 하인 다루듯 집으로 부르거나, 그 일 후 곧바로 집에 가자거나 약속 있다고 서두르는 이들도 적지 않다.

　여자는 처음에는 그가 나를 좋아해 그러는 거라고 생각하지만 시간이 지나면 그가 자신을 쾌락의 도구로만 생각하고 있음을 간파한다.

사랑하는 사이라면 꼭 그것을 해야 된다는 생각을 버려라. 나도 남자이기에 그 마음을 이해한다. 하지만 그것만 집착하지 말아야 한다. 그것만 바라보면서 그녀를 만나지 마라. 그것을 해야만 여자들이 진정한 사랑을 느낀다고 짐작하지도 마라.

그녀에게 차이는 이유는 무엇일까? 그녀에게 다른 남자가 생겨서라고 생각하는가? 결코 아니다. 그녀는 분명히 당신을 사랑했지만 못 미더운 당신의 행동과 말에 질렸기 때문이다. 당신을 더 이상 믿을 수 없고, 더 이상 사랑해봐야 자신만 손해라는 생각이 머리에 박히는 순간 미련 없이 뒤돌아서는 것이 여자다.

찌질한 남자는
만날수록 후회한다

'찌질하다'는 말을 알고 있는가? '지질하다'가 표준어로, 짜증나거나 상대가 사람같이 보이지 않을 때 흔히 하는 말이다. 이런 말이 나오는 것은 남자든 여자든 다를 바 없다. 그 중 이런 말을 많이 하는 쪽은 여자다. "그 남자, 왜 그렇게 찌질한지 몰라⋯⋯." 그렇다면 여자들이 혐오스러워 하는 찌질한 남자는 누구일까?

여자 앞에서
강한 척하는 남자

나는 연애를 상담하는 남자들에게 "남자답게 행동하고, 남자답게 말하고, 남자답게 이해하라"고 강조한다. 그런데 이 말을 오버하는 남자들이 꼭 있다. 여자 앞에서 강하게 보여야 한다고 말한 것을 도저히 이해할 수 없는 부분에서 강하게 보이려고 하는 것이다.

"여자 앞에서 주먹 자랑, 돈 자랑은 절대로 하는 게 아니다."

아버지가 내게 늘 강조했던 말씀이다.

"네가 돈 많고 능력 있는 것을 여자에게 인정받고 싶으면 여자에게 돈 잘 쓰고, 좋은 곳 데려가고, 여자가 필요한 것 해주면 된다. 네가 주먹 자랑을 하고 싶으면 사랑하는 여자 하나 지킬 수 있는 힘만 있으면 된다."

대부분의 남자들도 이렇게 생각할 것이다. 그런데도 불구하고 왜 여자들 앞에서 양아치 같은 짓을 하는가?

내가 존경하는 선배 사례를 들어보겠다. 선배는 한국 복싱 챔피언도 했고, 무술 유단자이자, 각종 유명인사를 경호한 경험도 많다. 지금도 경호 업무를 맡고 있다. 그런 그가 10년 전에 겪은 일로, 지금의 형수님과 사귀고 있을 때였다.

그때 나는 두 사람과 술집에서 술을 마시고 있었다. 그런데 껄렁해 보이는 남자 세 명과 여자 두 명이 포장마차 안에 들어왔다. 볼일을 보러 일어난 선배가 그들이 있는 자리를 지나쳐야 했는데, 돌아오는 길에 소란이 일었다. 그들 중 한 사람의 발이 의자 밖으로 나와 있었고, 그것을 미처 보지 못한 선배가 그 발을 밟고 만 것이다.

"죄송합니다."

다급하게 사과하는 선배. 하지만 돌아온 것은 술 냄새에 절은 육두문자였다. 차마 글로 옮길 수 없는 말이었다. 최대한 순화해서 정리하면 이렇다.

"죄송하다고 하면 다냐? 죽고 싶은 거냐? 제대로 사과해라."

자세를 갖추어 다시 사과하는 선배.

"똑바로 다시 해라. 그게 사과냐?"

다시 허리를 굽히는 선배. 우리 자리와 그들이 앉은 자리가 멀기도 했거니와 칸막이로 가려져 있어서 여간해서는 보이지 않았다. 소란스러운 소리에 무슨 일인가 싶어 보았더니 선배였다. 내가 서둘러 그곳으로 가자, "내가 잘못한 거니까 내가 책임져야지" 하며 나를 서둘러 되돌려 보내는 선배.

"다시 해라."

"죄송합니다."

옆에서 그 모습을 지켜보던 그들은 뭐가 그리 좋은지 깔깔 웃고 있었다.

"일반인들 상대로 그러지 마. 하하하."

"애. 쫄았다. 호호."

발을 밟힌 그 남자는 선배에게 은혜로운 자비를 내려주었다.

"가서 술이나 마셔라."

선배는 그렇게 자리를 돌아왔다.

'유단자라는 사람이 20대 초반밖에 안 돼 보이는 애들에게 저러다니?'

나였다면 두들겨 맞아 죽는 한이 있더라도 그렇게 하지는 않았을 것이다. 내 일인 양 화가 치밀어 어쩔 줄 모르는 나와는 달리 선배는 태연하게 자리에 앉았다.

궁금한 것은 참지 못하는 내가 대들 듯 물었다.

"선배, 쫄아서 그래요? 선배하고 나하고는 안 될 것 같아서 그래요?"

그런데 선배는 별 일 아니라는 표정이었다.

"그만하고 술이나 마시자."

"아무리 이해하려고 해도 안 되잖아요?"

그때 선배가 한 마디 했다.

"여자친구 앞이잖아. 오랜만에 여자친구와 있는데, 분위기를 깰 필요 있어? 더구나 내가 자존심 한 번 접으면 이렇게 좋게 넘어가잖아. 일이 커지는 걸 막았잖아."

나도 운동을 했고, 싸워서 맞아본 적이 거의 없고, 자존심도 강하고, 고집도 세다. 알다시피 성격도 급하다. 만약 내가 선배와 같은 상황이었다면, 여자친구가 지켜보는 상황이었다면 바로 대들었을 것이다.

그런데 시간이 지나 돌아보니 그게 옳은 방법이 아니라는 것을 깨닫는다. 싸우면 술판은 깨질 테고, 잘못하다가 병원비 물어주어야 하고, 경찰서에 가서 조사도 받아야 하는 등 여간 복잡해지는게 아니다. 그 순간 자존심만 접어도 그런 수고는 없어지는 것이다.

당장은 남자답고 싶지만 길게 보면 그건 남자답기보다는 스스로를 컨트롤하지 못하는 것이다. 그런데 이런 남자들이 의외로 많다. 강한 척하고, 여자 앞에서 있는 폼, 없는 폼 다 잡으려고 한다. 그

런데 그렇게 보여준다고 해서 그녀가 당신을 더 사랑하는가? 땅에
침 뱉고, 길거리 지나다니면서 담배 물고, 팔자걸음으로 지나다니
면 여자들이 알아주는가? 절대 아니다. 오히려 찌질하고 한심한
남자로밖에 보이지 않는다.

내가 그 선배를 존경하는 이유는 그 선배가 무술 유단자여서가
아니다. 남들보다 힘이 세서가 아니다. 누구도 이길 수 없는 힘을
지니고 있지만 그 힘을 섣불리 과시하지 않고, 오히려 그 힘을 컨
트롤하고, 부드러울 수 있는 선배의 자존심이 너무나 자랑스럽기
때문이다. 그에 비하면 나는 아직 양아치 수준인가 보다.

데이트 비용을 조목조목 따지는 남자

마음에 드는 여자를 만났다. 그러면 그녀를 내 편으로 만
들어야 할 것이다. 카드 값 펑크 나는 줄 모르고, 달러 빚도 감수하
면서 그녀에게 해주었다. 하지만 생각과 달리 그녀의 마음을 얻지
못했다. 그 뒤 다른 사람 앞에서 그녀 욕을 쏟아내는 남자, 이것저
것 주었다면서 얼마나 썼는지 조목조목 따지는 남자……. 이런 남
자는 같은 남자들이 보기에도 참 한심해 보인다.

누가 그녀에게 돈 쓰라고 했는가? 그녀가 좋아 그런 것 아닌가.
그녀를 내 편으로 만들려고 스스로 그런 것 아닌가. 누가 카드 값

펑크 날 때까지, 달러 빚을 내어서라도 그녀에게 돈 써야 한다고 강요한 것도 아니지 않은가. 그런데 왜 그녀를 된장녀라고 비아냥거리고, 나쁜 년이라고 욕하는가? 나 같으면 쪽팔려 어디 가서 그런 말 절대로 하지 못할 것이다.

얼굴 하나 보고, 그녀가 개념이 있는지 없는지도 모른 채 마음에 드니까 그녀에게 어떻게 한번 해보려고 돈을 쓴 것 아닌가. 앞뒤 생각을 전혀 하지 않고 그녀에게 투자한 것 아닌가.

남자들에게 당부한다. 두세 번 만나보고 아니다 싶으면 접어라. 괜히 열 번 찍어서 안 넘어가는 나무 없다고 생각해 쓸 데 없이 도끼질만 하다가 큰 코 다친다. 그녀를 탓할 일이 아니다. 자신의 우둔함을 탓할 일이고, 자신의 여자 보는 눈을 탓할 일이다.

이런 남자들도 있다. 연인 사이가 되자 여자에게 대놓고 말한다.

"내가 너를 만나서 돈을 얼마 썼는지 알아?"

도대체 이런 말을 왜 하는지 이해하려고 해도 이해가 되지 않는다. 이렇게 말하는 남자와 사귀는 여자도 도저히 이해할 수 없다.

돈이 없고, 데이트 비용 때문에 힘들면 그 부분에 대해서만 이야기하라. 사정을 말하라. 그것은 쪼잔한 게 아니라 솔직한 것이다. 뒤에서 후회하기보다 그렇게 말할 수 있는 남자가 남자다운 것이다. 그러면 상대도 충분히 이해한다.

이렇게 말하면 여자들이 싫어한다고 말하는 남자들도 없지 않을 것이다. 하지만 여자들이 싫어하는 경우는 딱 하나 있다. 돈 잘 번다고 자랑이란 자랑은 다 늘어놓고 사귀고 나서 이렇게 말하는 남자는 질색이다.

나도 예전에 이런 경험이 없지 않았다. 만날 때마다 50만 원씩 깨지자 나중에는 두 손 두 발 다 들었고, 그녀가 나를 돈 때문에 좋아하는 거 아닌지 의심까지 들었다. 그래서 그 후 내가 상대에게 해준 것이 있으면 다음에는 당당하게 상대에게 쓰라고 말한다. 처음에는 그런 나를 그녀가 기분 나빠하지 않을까 염려했는데 오히려 그녀도 편하다고 했다. 그렇다고 내가 아무 때나 이렇게 말하는 것은 아니다. 허름한 술집에 있을 때, 간단하게 밥 먹을 때 이렇게 말한다.

여자도 남자가 해준 것을 보면 알아서 계산해준다. 그런데 해준 것도 없으면서 이렇게 말하면 짜증난다. 쓴 돈을 조목조목 따지는 남자는 더 더욱 짜증난다.

이별을 인정 못 하고 매달리는 남자

〈미친 연애〉에서 헤어진 여자를 잡는 현실적인 방법 소개해주었는데, 거기에 적혀 있는 댓글이 눈에 띄었다. 여자가 쓴 글로 보였다.

"왜 이런 걸 적어서 여자를 귀찮게 합니까?"

요즘 젊은 여자들은 이해해줄 만큼 이해해주고 양보해줄 만큼 양보해주다가 이것이 아니다 싶으면 뒤도 돌아보지 않고 돌아선다. 한 남자만 바라보고, 한 남자만 생각하는 바보 같은 여자들은 찾아보기 힘들다. 그와 그렇고 그런 관계를 맺었다고 해서 그가 자신의 평생 반려자라고 생각하는 여자들은 더 더욱 없다.

여자도 남자와 다를 바 없다. 애정도 시간이 지나면 식게 마련이다. 그것을 남자가 알아채지 못했을 뿐이다. 그녀는 몇 번이나 상대에게 눈치를 주었을 것이다. 이렇게 하지 마라, 저렇게 하지 마라 했을 테고, 그의 행동에 진저리를 쳤을 것이다. 그런데도 여전히 바뀌거나 달라지지도 않고, "알았다", "미안하다"는 말만 반복하다 보니 더 이상 참지 못하고 연을 끊는 것이다.

그때 가서 그녀를 잡는다고 돌아설 그녀가 아니다. 그만큼 질려버렸기 때문이다. 물론 다시 돌아오는 여자도 있다. 하지만 분명히 그녀에게 확인사살까지 받았는데 계속 매달리는 것은 예의가 아니다. 이 때문에 치근덕거리는 것은 더 문제다. 헤어졌는데 그녀 집에서 몇 시간이든 기다리거나, 회사에 찾아오거나, 술 마시고 나서 시도 때도 없이 전화하거나, 전화를 받지 않는다고 협박하거나, 그것도 모자라 그녀에게 폭력을 행사하는 남자들……. 도대체 왜 그러는지 모르겠다. 사귈 때 잘하지 왜 헤어지고 나서 그런 못된 짓을 하는가?

사랑한 사이였다면, 그녀도 당신을 사랑했다면 그녀가 헤어지자고 할 때 쿨하게 보내주어라. 그래야만 시간이 지나 그녀가 다시 돌아올 확률이 높다. '그가 너무나 잘해주었는데……', '그만한 사람도 없는데……' 분명히 이렇게 생각할 것이다. 헤어진 지 3개월 후, 그녀에게 안부 문자 메시지 하나 보내는 것이 그녀를 돌아오게 하는 데 더 도움된다. 그래도 그녀에게 연락이 없다면 힘들더라도 잊어라. 새로운 사람을 만나라. 그게 남자다. 헤어진 것을 인정하지 못한 채 매달리는 짓은 하지 말자. 제발 남자답게 행동하자.

이 글을 읽고 화낼 수도 있고 짜증 낼 수도 있다. 여자 입장에서만 봐서 그런 거라고 비방할 수도 있다. 하지만 여자들이라면 누구나 공감한다. 자신이 바뀌지 않으면 평생 찌질한 남자로 낙인찍힐 수 있다.

남자들도 싫어하는
그의 스킨십

서로 좋아하거나 호감 가는 사이가 되면 이어지는 것이 스킨십이다. 남자는 대부분 스킨십을 빨리 하고 싶어하고 여자는 되도록 늦게 하고 싶어한다. 남자는 스킨십의 진도에 따라 사랑을 확인하고, 여자는 스킨십의 진도와 상관없이 그의 마음을 확인하고자 한다. 사랑하면 스킨십을 하게 되는 것은 당연한 수순이다. 하지만 아무리 사랑해도 짜증나는 스킨십은 있기 마련이다.

내 몸은
그가 장난치는 초인종

내게 오는 메일들 중 이런 하소연이 있었다.

"그는 왜 내 배를 손가락으로 찔러보거나 만지려고 하는 거죠?"

왜 그럴까? 같은 남자라서 밝히기 껄끄럽지만, 정답은 간을 보기 위해서다. 가슴에 손을 올리는 것도 간을 보기 위해서다. 이때 여자가 장난처럼 넘어가면 여자를 쉽게 얻을 수 있다고 생각한다.

이 글을 읽는 여자들에게 간곡하게 당부하고 싶다. 만난 지 몇 시간 만에, 만난 지 하루 이틀 만에 그가 이렇게 행동한다면 큰 소리로 정색하라. 그렇지 않으면 그는 장난처럼 넘어갈 것이다. 그럴수록 그는 더욱 더 그렇게 한다.

여자들은 왜 이런 스킨십을 싫어할까? 콤플렉스 때문이다. 배의 경우, 초콜릿 복근으로 무장한 여자가 얼마나 되겠는가. 대부분 평범한 뱃살을 가지고 있다. 그런 몸을 만지거나 찔러보는데 누가 좋아하겠는가. 더구나 배는 장난으로 누르고 도망가는 초인종이 아니다.

스킨십도 싫은데 여기에 불을 지르는 것이 있다. 찔러보는 것은 억지로 참겠는데, 만져보는 것까지는 참겠는데 도저히 참을 수 없는 것이 있다.

"네 뱃살, 장난이 아니다!"

아무 생각 없이 내뱉는 그의 말이다.

남자들이여, 그렇게 한두 번 장난치다가 상대에게 호되게 당하지 말고, 괜히 찔러보지도 말고, 더구나 분위기 전환한답시고 그런 농담은 절대 하지도 마라.

분위기 파악 못 하는 그의 속마음

스킨십을 할 때 가장 중요하게 생각하는 것은 무엇일까? 대부분의 여자들은 이렇게 말한다.

"분위기!"

아무리 키스한 사이라고 해도 막 들이대는 것은 정색한다. 여자는 로맨틱에 죽고 못 산다. 무슨 말인지 눈치 챘는가? 키스하고 싶다면 키스하고 싶어지는 분위기를 만들라는 것이다. 이는 수많은 연애 컨설턴트들이 공통적으로 하는 말이다. 하지만 대한민국에서 이런 로맨틱 가이를 찾는 것은 하늘에 별 따기다.

남자들은 왜 그럴까? 급하니까 그렇다. 분위기고 나발이고 일단 하고 보자는 마음이 너무나도 강하고, 강하게 밀어붙이면 된다고 생각하기 때문이다.

강하게 밀어 붙이다가 상대가 거부하면 그때서야 분위기를 만들려고 애쓴다. 그러면서 이렇게 변명한다.

"너를 보면 이러고 싶은걸."

"너를 안 좋아하면 이러지도 않아."

그 말이 나오면 여자는 어떻게 생각할까? 말은 하지 않지만 이미 그 남자의 속은 훤하게 알고 있다. '나를 어떻게 해볼 심사로 거짓말하는구나' 단번에 안다.

분위기를 파악하지 못하는 남자의 행동 중에는 이런 것도 있다.

"네 마음을 풀어주려고 이러는 거야."

서로 30분 전까지 불꽃 튀는 설전을 벌인 후, 잘못했다고 인정한 남자는 삐져 있는 여자를 위로해줄 요량으로 스킨십을 하려고 한다.

왜 싸우고 난 뒤 그러는 걸까? 그것은 그를 받아주는 여자의 행동 때문이다. 남자로서는 스킨십이라도 해야 분위기가 바뀌고 어색하지 않은데, 그렇게 해서 그녀의 감정이 풀린 경험이 있기 때문에 습관적으로 그러는 것이다. 그것을 받아주니까 자꾸 그러는 것이다.

남자가 잘못을 했다면 그것을 반성하게 해야 하고, 절실하게 느끼게 해주어야만 한다. 그런데 싸운 지 한 시간도 되지 않아 그렇게 풀어지면 남자는 여자를 쉽게 컨트롤할 수 있다고 생각하고 똑같은 잘못을 반복할 것이다.

싫다면 단호하게 싫다고 말하라

아무리 개성이 시대의 아이콘으로 자리 잡고, 개인주의가 강해지는 21세기에 살고 있다고 해도 사람들의 생각은 비슷하다. 사회적으로 통용되는 개념일 때는 더 그렇다.

그런데 남녀 간의 스킨십에서 그 개념이 통하지 않는 이들이 있다. 바로 변태다. 변태는 사전적으로는 본래의 형태에서 달라진 것을 뜻한다. 스킨십에서도 이는 누구나 생각하는 이해 범위를 넘어가는 것을 말한다. 그것이 그가 혼자만 즐기는 취향이라면 상관없지만 사랑하는 사이에서는 용납할 수 없다.

남녀가 사랑하는 모습, 영화나 드라마에서 아름다운 사랑을 나누는 장면을 보라. 서로가 서로를 느끼면서 서로를 아끼지 않는가. 그런데 제목도 이상하고 내용도 없이 단지 남녀 둘만 벗고 나오는 비디오나 동영상을 보고 나서, 거기에 나오는 장면을 따라 해보고 싶어 한다. 더 큰 문제는 그걸 상대방에게 요구하는 것이다. "쉽게 못 하는 거니까 이런 곳에서 보여주는 거야" 하면서 말이다.

신신당부한다. 만약 당신이 그와 같은 취향이라면 모를까, 그런 취향도 아닌데, 그런 것을 생각하지도 않는데 그가 그런다면 단호하게 거부하라. 그가 삐지는 게 아닐까 싶어 들어주는 표정도 짓지 마라. 그렇지 않으면 나중에 더 심한 것을 요구하기 때문이다. 더 이상한 것을 요구할 수도 있다.

예전에 내게 연애 기술을 가르쳐준 분이 이런 말을 한 적이 있다. "사랑하는 사람과 스킨십을 할 때 왜 손을 잡는 것부터 시작하는지 압니까? 상대방의 따뜻한 체온을 느낄 수 있기 때문입니다. 스킨십은 따뜻함이 상대방에게 전해져야 비로소 느낄 수 있는 겁니다."

사랑받는 남자가
되고 싶다면

"나도 여자에게 사랑받고 싶어요", "제발 모태솔로 좀 벗어나게 해주세요"……. 이번 글은 연애하고 싶은 마음은 굴뚝같지만 늘 혼자로 남는 남자들을 위한 것이다. 사랑은 받는 것이 아니라 하는 것이겠지만, 사랑받는 사람일수록 사랑할 줄도 안다. 그런 점에서 이 글은 연애를 몇 번 해본 경험을 내보이며 여자를 안다고 우쭐대는 남자들도 읽어야 할 것이다.

연애의 완성은
남자의 능력이다

어릴 때 나는 남들보다 못생겼다는 것을 알게 되었고, 그 것을 주입시키기라도 하듯 주위 어른들로부터 지겹도록 들은 말이 있었다. "너는 공부 잘해야 된다", "너는 커서 돈 많이 벌어야 된다"……. 내 얼굴로 장가라도 갈 수 있을까 걱정한 때문이리라. 부모님도 내게 "이 여자 저 여자 고르지 말고, 다 거기서 거기니까 데리고만 와라"고 말씀하셨다.

그런 내가 이렇게 바뀔 줄은 우리 가족 어느 누구도 짐작하지 못했을 것이다. 특히 나와 사이가 별로 좋지 않은 작은누나는 더 놀랐을 것이다. 어느 날 길거리에서 내가 예쁜 여자와 팔짱 끼고 가는 것을 본 작은누나는 "너, 이제 애인 대행까지 하니?"라고 말했을 정도니 말이다.

나는 20대 초반보다 20대 후반부터 30대인 지금 여자 만들기가 훨씬 쉬웠다. 20대 초반 때는 아무리 돈으로 별짓 다해도 여자가 붙지 않았다. 그런데 20대 후반부터 여자들이 알아서 내게 붙기 시작했다. "오빠, 한잔해요", "주말에 뭐해요?", "언제 시간 나요?"……. 이는 모두 내 능력 때문이다. 특히 20대 후반, 지방 대도시에서 헤어숍, 피부마사지, 뷰티숍을 운영했을 때는 수많은 여자들에게 대시를 받았다.

이렇게 말하면 "또 돈 타령이냐?", "돈 없는 놈은 죽어야 되냐?" 말하고 싶어질 것이다. 하지만 당신이 공부를 못했기 때문에 그 정도 직장밖에 들어가지 못한 것이고, 당신이 능력이 없기 때문에 지금 그 정도 돈을 번다는 생각은 왜 하지 않는가?

더러는 내게 "부모 잘 만나 그런 거 아니냐?", "잘 먹고 잘사는 집안인데, 뭐가 걱정이냐?"고 말하기도 한다. 하지만 나는 열여덟 살 때 독립했고 서른여섯 살인 지금까지 혼자 살고 있다. 부모님의 후광 때문이라는 말을 듣기 싫어서였다. 독립하겠다고 했을 때 아버지가 내게 주신 돈이 3,000만 원이었다. 그 돈으로 옥탑방 하나

얻고, 기계를 사고, 옷 사고 이렇게 해서 수중에 남은 돈은 200만 원 정도였다. 그 돈이 지금 몇 십억 원이 되었다. 이런 이야기를 왜 하는가? "나는 이렇게 돈 많은 사람이다"라고 자랑하고 싶어서 그런다고 생각하는가?

당시 내 계산은 간단했다. 1년에 4,000만 원을 벌고 싶은데, 지금 내 능력으로는 회사에 들어가 일하면 1년에 2,000만 원밖에 안 된다고 생각했고, 모자라는 2,000만 원을 다른 곳에서 벌기로 했다. 그래서 시체실 아르바이트, 신약 아르바이트, 화장실 청소업체, 물탱크 청소, 건물 외벽 청소까지 남들이 꺼리는 별짓을 다 했다.

이렇게 치열하게 살아온 것은 나중에 돈이 없어서 여자를 사귀지 못하는 경우를 염두에 두었기 때문이다. 배가 너무나 고파 신물이 나오기도 했다. 쓰러질 것 같았고, 추위가 뼛속까지 스며들었다. 슈퍼마켓 앞에 놓여 있는 김 모락모락 나는 호빵이 얼마나 먹고 싶었는지 모른다. 그 앞까지 갔지만 이내 몸을 돌렸다. 20분만 더 걸어 집에 가면 밥 먹을 수 있다고, 천 원짜리 한 장이라도 아끼고 싶어 눈 딱 감고 돌아선 것이다.

이런 경우는 결혼한 여자들이 절실하게 느낀다. 돈 없고 능력 없는 남자를 만나, 시장에서 몇 백 원짜리 두부 하나 살까 말까 고민하고, 아이 하나는 등에 업고, 다른 아이는 한 손에 잡고, 다른 한 손에는 장바구니를 든 채 오가는 이들을 한두 번 본 게 아니다. 남자 잘 만났으면 승용차 끌고, 백화점에 가서 우아하게 쇼핑하고,

맛있는 것도 먹고 싶은 대로 먹고, 그렇게 대우받으면서 즐기는 인생이었을 것이다.

남자 잘못 만나 인생이 극과 극이 되는 현실인데, 하물며 아직 남자를 만나지 못한 여자들이라면 돈 없고 능력 없는 남자와 결혼하고 싶지 않을 것이다.

능력 없는 남자와 결혼 문제 때문에 고민하는 여자들에게 나는 늘 이렇게 말한다.

"사랑은 돈으로 살 수 없지만, 돈이 있어야 사랑이 온다."

여자를 알고 싶으면
여자를 배워라

"당신은 어떻게 여자에 대해 그렇게 잘 아세요?"

연애 블로그를 운영하면서 이런 말을 많이 들었다. 남자인 내가 어떻게 해서 여자에 대해 잘 알게 되었을까? 여자를 900명이나 만나서 그런 걸까? 절대 아니다. 오히려 나는 여자를 많이 공부한 사람일 뿐이다.

그러면 이렇게 반문하는 사람도 있을 것이다.

"사랑받는 남자가 되기 위해 왜 하필 여자에 대해 알아야만 합니까?"

이런 질문을 하는 자체가 바보 같지 않은가. 사랑은 남자와 여자가 하는 것이다. 동성을 사랑하는 경우도 있겠지만, 대부분 남자와 여자가 만나 서로 사랑한다.

얼마 전에 읽은 책에 이런 구절이 있었다.

"여자를 알지 못하면 그 여자를 내 마음에 들게 하기도 힘들다."

그 책은 여성의 연애 처세술을 다루고 있었고, 여자들에게만 도움 되는 글이었다. 그런데 왜 남자인 내가 왜 여자 책을 읽었을까? 여자를 알기 위해서였다.

여자 독자들은 그 책이 알려주는 방법을 읽으면서 남자를 판단할 것이다. 이는 반대로 남자가 여자를 만났을 때 어떻게 행동해야 하며, 어떻게 해야 그녀에게 믿음을 줄 수 있는지, 사랑받을 수 있는지 알게 해주기 때문이다.

이 외에도 나는 네 권의 여성 잡지를 매달 정기구독하고 있다. 권당 1년 구독료만 10만 원이 넘는다. 여성 잡지를 보면서 스크랩할 것은 스크랩하고, 외울 것은 외우고, 새로운 사실은 메모한다. 배워두고 준비해두면 나중에 꼭 기회가 찾아온다.

4개월 전에 친구로 지내는 여자가 이사했는데, 그녀의 집 인테리어를 내가 직접 해주었다. 나는 인테리어 업을 하는 사람이 아니었지만, 스크랩해놓은 잡지 화보를 하나하나 보여주면서 같이 집안을 꾸몄다.

내 자랑일지 싶지만, 나는 리폼도 잘한다. 꽃꽂이도 배웠고, 십자수도 배웠다. 여자들이나 하는 것을 왜 배웠느냐고? 그것을 배우러 다니면서 온갖 이야기를 여자들의 입으로 들을 수 있었기 때문이다. 꽃꽂이를 배우러 다닐 때 원생 수가 열여덟 명이었는데, 중년의 남자 한 분이 퇴직한 뒤 꽃집을 차리겠다고 배우러 온 것 말고는 전부 여자였다. 거기서 하루에 3~6시간씩 같이 있으면서 온갖 이야기를 듣고 나누었다. 그리고 주변에 있는 동생, 지인들을 소개받기도 했다. 십자수를 배울 때도 마찬가지였다.

나도 한때는 '내가 이런 짓까지 하면서 여자를 알아야 되나?'고 민했지만, 배우고 나니 꼭 써먹을 때가 있었고, 배우고 나면 그 기술뿐 아니라도 얻는 것이 많았다. 특히 여자의 생각을 읽은 것은 대단한 값어치를 했다. 그녀가 원하는 남자를 알지 못하면 그녀와 사랑을 키울 수 없는 것은 당연하다.

그녀의 마음을 알려면 텔레비전을 켜라

얼마 전 관심 있게 지켜보는 드라마가 두 편 있었다. 하나는 〈최고의 사랑〉이고, 다른 하나는 〈마이 리플리〉였다. 특히 〈최고의 사랑〉은 대한민국 여성들을 독고진에게 빠지게 했다.

"독고진을 보면 어떤 생각이 듭니까?"

남자들에게 질문하면 다들 이렇게 말한다.

"현실에서 나타나기 힘든 케이스다."

"드라마는 드라마일 뿐이다."

나는 그 드라마를 보면서 많은 것을 배웠다. 독고진의 행동을 보면 현실에서는 해줄 수 없는 것이 대부분이었다. 값싼 경매 물건에 천만 원을 쓰거나, 인공심장에 사랑을 이야기하거나……

그런데 그것이 불가능한 일이라고 해도 그것을 현실에 대입시켜 보려고 한 적은 없는가? 나는 그 드라마를 보면서, 특히 독고진이 감자를 키우는 모습을 보면서 다음에 여자에게 고구마나 감자를 받으면 반드시 저렇게 키워 보여주고 싶어졌다. 사랑하는 사람을 위해, 그 전날 일방적으로 약속만 해놓고 무작정 그녀의 집 앞에서 기다리는 것도……

독고진이 사랑받을 수밖에 없는 이유는 분명하다. 그녀가 힘들 때마다 그녀를 지켜주었기 때문이다. 그녀가 만년필을 잊어버렸을 때 만년필을 찾아주었고, 그녀가 신발 때문에 구설수에 올랐을 때 멋있게 등장해서 그녀를 구원해주었다.

예전의 일이다. 당시 사귀고 있던 여자친구의 언니가 사채를 끌어다 썼지만 제때 갚지 못해 시달리고 있었다. 여자친구는 내게 언니의 사정을 이야기했다. 그때 나는 그 일을 내 일같이 도와주었다. 법무사와 변호사를 만나 법적인 문제를 따져본 후 일주일 만에 대출한 곳과 합의를 보았고, 원금만 돌려주는 선에서 마무리했다. 그 일 이후 여자친구는 나를 달리 보았다.

그런 이야기를 듣고 "경찰에 신고해"라고 말하는 남자라면 여자가 어떻게 생각할까? 당장 헤어지자고 말하지 않으면 천만다행이다. 경찰에 신고할 줄 몰라서 당신에게 물어본 것이 아니다. 남자친구라면, 그리고 남자라면 최소한 나보다 이런 일에 경험이 있지 않을까, 좀 더 괜찮은 해결 방안을 알려주지 않을까 싶어 말한 것이다.

당신이 이 일을 잘 해결해준다면 현실 속의 독고진이 될 수 있다는 것을 왜 모르는가?

영화, 드라마, 예능프로그램을 보면서 당신은 재미있게 보고 시간이 지나면 잊어버리면 그만이라고 생각할 것이다. 하지만 여자에게 사랑받는 남자일수록 그런 사소한 것에서 힌트를 얻는다. 그것을 보면서 '이것을 어떻게 써먹지?', '어떻게 어필할 수 있을까?' 한 번이라도 생각해본다면 충분히 그녀를 감동시킬 수 있을 것이다.

패션이나 스타일에 대해서는 언급하지 않았다. 그것은 기본이다. 몸이나 어깨, 근육 등등에 대해서도 말하지 않았다. 그것도 기본이다. 바탕이 잘 되어 있는 상황에서 능력이 되고, 여자에 대해 많이 안다면 충분히 인기 있는 남자가 될 수 있다. 사랑받는 남자가 되고 싶은가? 그러면 여자에게 사랑받을 수 있도록 자신을 만들어라. 여자를 욕할 시간에 자신의 단점은 무엇이고, 자신이 여자에게 사랑받지 못하는 이유는 무엇인지 찾아보기 바란다.

여자가 알아야 할
남자의 속마음

남자는 단순한 동물이다. 치마만 입으면 모두 여자로 보이고, 예쁘기만 하면 모든 걸 용서해주는 게 남자다. 눈에 보이는 그것에만 집중하는 게 남자의 속성이다. 하지만 남자는 여자보다 현실적이다. 아무리 사랑해도 돈 문제 앞에서는 소심해지는 것이 남자다. 단순하면서도 복잡한 남자의 연애 심리…….

예쁜 여자에게
꽂히는 게 남자다

예전에 케이블 방송에서 인기리에 방영되었던 리얼리티 연애프로그램이 있었다. 〈연애 불변의 법칙〉이 그것이다. 이 프로그램을 매주 빠지지 않고 녹화해보면서 늘 제작진이 너무 했다고 생각했다. 솔직히 말해 예쁜 여자가 달려드는데 안 넘어갈 남자가 있겠는가? 그 프로그램이 기존 여자친구보다 못생긴 여자를 상대로 했다면 이해라도 했을 것이다. 하지만 상대는 늘 여자친구보다 훨씬 더 예쁜 여자였다. 혈기 왕성한 20대 초중반 남자들이 그녀의 유혹을 참기란 불가능한 일이다.

남자의 본능은 사라지지 않는다. 단지 감추고 있을 뿐이다. 남자는 예쁜 여자가 다가오면 그 여자를 차지하려고 한다. 아무리 이성적으로 판단하고, 아무리 여자친구라는 벽이 있어도 남자들은 그 순간에 대부분 무너지고 만다.

"그는 나밖에 몰라요."

"그가 나를 얼마나 사랑해주는데요."

그 사랑을 믿고 있는가? 4년 전에 내 친구가 한 여자 때문에 엄청나게 힘들어 했다. 나는 친구에게 연애 기술을 가르쳐주었고, 그 결과 친구는 그 여자와 3개월 만에 사귀게 되었다. 치열한 과정 끝에 쟁취한 사랑이었다.

6개월 후, 친구와 같이 있다가 내가 농담 삼아 이런 말을 툭 던졌다.

"소개팅할래?"

친구는 굳건했다.

"나한테는 그녀가 있잖아. 다른 애들이나 해줘라."

그래서 내가 핸드폰에 찍힌 사진을 보여주었다.

"이렇게 예쁜데, 안 할래?"

사진을 보는 친구. 잠시 동안 머뭇거리더니 이렇게 말했다.

"새콤상콤하네. 해야지! 언제 해줄 건데?"

이 친구가 여자친구와의 사랑이 부족해서 이렇게 말했다고 생각하는가? 큰 오산이다. 친구는 소극장을 빌려 그녀에게 프러포즈를 했고, 사귀는 동안에도 매일 그녀의 집 앞에 대기해 그녀를 직장과 집으로 출퇴근시켜주었다. 매일 매일 그녀가 없으면 못산다고 말했고, 그녀가 아프면 옆에서 잠도 못 자고 온종일 끙끙 앓았다. 그런 그도 여자친구보다 예쁜 여자 앞에서는 상도덕조차 따지지 않았다.

남자는 시간이 지나면 지날수록 아무리 예쁜 여자라도 질리게 마련이다. 영원한 사랑은 없다. 영원할 것처럼 보여도, 영원할 것 같이 느껴져도 사랑은 절대로 영원하지 않다.

그런데 반대로 여자는 왜 영원한 사랑을 꿈꾸는 걸까? 그가 너무나 잘해줘서? 그가 아니면 이렇게 해줄 남자가 없을 것 같아서? 좋은 말이다. 아름다운 말이다. 하지만 그럴수록 그에게 속고 있다고 생각해보지는 않았는가?

갑자기 당신에게 헤어지자고 하는 남자, 갑자기 당신에게 생각할 시간을 갖자고 하는 남자……. 그는 당신 말고 새로운 여자를 사귀고 있거나 새로운 여자를 만나고 있는 중이다. 남자는 새로운 안식처가 생기지 않으면 여자에게 헤어지자는 말은 절대 하지 않는다. 이미 다 만들어놓고, 새로운 루트를 발견해놓은 다음에야 여자에게 통보한다. 그렇게 해야 그로서는 외로움을 덜 느낄 테니까.

그런데 헤어지자고 해놓고 다시 만나자 연락 오는 것은 무슨 조화인가? 이런 사연을 보내오는 여자들도 적지 않다. 그런데 이는 세 가지 상황이 대부분이다. 새로운 여자를 완벽하게 끌어당기지 못한 채 당신과 헤어졌을 때, 그녀를 사귀어보았는데 생각보다 넘기 힘든 벽이었을 때, 그리고 새로운 여자에게 차였을 때다.

남자들은 다시 돌아오면서 당신에게 입바른 소리를 할 것이다.

"아무리 생각해봐도 너 같은 여자는 만나기 힘들 것 같다."

"헤어져 있다 보니 너를 진짜 사랑한다는 걸 깨달았다."

믿지 마라. 그 순간에는 진심일지 모르지만 그렇게 헤어지자고 이별을 통보했던 그는 나중에 어느 때든 또 그렇게 말할 것이고, 또 그렇게 행동하고, 또 그렇게 당신을 이용할 것이다.

남자는 새로운 여자, 특히 그 여자가 지금 사귀고 있는 사람보다 예쁘고, 더구나 그 여자가 대시해온다면 사랑에 대한 개념이나 양심은 안드로메다로 날려 보낸다.

한 번 밀리면
끝까지 밀린다

전화 올 때가 되었는데도 몇 시간 넘게 연락하지 않는 남자친구. 몇 시간 뒤에야 전화하는 남자친구.

"뭐했어?"

"잤어."

"피곤했구나. 잘 잤어?"

"응. 그래도 자면서 네 꿈을 꿨다."

"정말!"

"응."

처음에 이렇게 넘어가면 시간이 지날수록 이런 일이 빈번하게 일어나고, 이 문제 때문에 그와 심하게 다툴 것이다.

처음에 당신은 이 부분을 이해해주었다. '피곤하면 잘 수도 있지', '누구는 잠을 안 자보았나'……. 이런 식으로 생각할 것이다. 그때 남자 입장이라면 '이 여자가 이해해주네. 참 고맙다'고 생각할 것 같은가? 처음에는 그렇게 생각할 것이다. 아직 사랑하고, 좋아하고, 그녀밖에 없으니까. 하지만 시간이 지나면 지날수록 그런 당신의 이해와 양보를 이용하려고 한다.

친구들과 놀고 있다가 당신의 전화가 와도 일부러 받지 않는다. 나중에 집에 들어가서야 전화를 받는다.

"지금 일어났어."

이렇게 퉁명스럽게 말한다. 이렇게 말해도 당신이 이해해주고 양보해주고 좋게 넘어가 주었으니까 그것을 다시 이용해먹는 것이다. 당신도 섭섭하고 짜증이 날 것이다.

"어떻게 맨날 자기만 해?"

그러면 그는 오히려 화를 내듯 큰 소리로 말한다.

"언제 내가 맨날 잤어? 정말 피곤해서 잤는데……."

그 말에 당신의 목소리가 커진다.

"요즘에 전화도 잘 안 받고, 주말에 도대체 뭐하는데, 늘 바쁘다고만 하고……."

"진짜 바쁘다니까! 피곤하니까 자는 거잖아!"

이렇게 서로 감정싸움으로 돌변한다.

이런 사태로 커지지 않으려면 처음부터 단도리를 확실히 해야 한다. 사랑한다는 이유로 이해해주고 양보해주면 끝이다.

그가 잤다고 했을 때 "피곤했구나, 잘 잤어?" 이렇게 나오지 말고, "내가 걱정했잖아! 자기 전이라도 전화해주고 자면 얼마나 좋아?" 말한다면 그는 무조건 "그래 앞으로 전화할게"라고 말할 것이다. 이때 강하게 주의시켜야 한다.

"자기 전에 전화 안 하면 나도 기다린 만큼 전화 안 하고 안 받아!"

그러면 최소한 그는 앞으로 자기 전이라도 당신에게 전화할 것이다. 그러면 당신이 쓸데없이 전화하면서 그를 걱정할 필요도 없을 것이다. 만약 그가 전화하지 않는다면 그의 연락을 기다린 만큼 당신도 전화하지 않고 받지도 않는, 단호한 모습을 보여주어야 한다. 그가 했던 방법 그대로 똑같이 되돌려주면 된다.

"전화를 왜 안 받는데? 걱정했잖아……."

"잤어."

이렇게 똑같이 말하고, 그가 흥분하면 똑같이 받아쳐라.

"기다려보니까 내 마음 알겠지? 그러니까 내가 전화하라고 했잖아."

이해해주고 양보해주는 것이 사랑이라고 하지만 처음부터 이해해주고 양보해주면 그 후로도 여전히 당신은 이해만 해주고 양보만 해주는 여자로 남게 된다.

남자는 여자보다
현실에 민감하다

흔히 여자가 사랑에 현실적이라고 말하지만 나는 이 말을 믿지 않는다. 남자들의 속을 들여다본다면 남자만큼 사랑에 현실적인 동물도 없기 때문이다. 여자들은 남자가 처음에 별로 마음에 들지 않아도 그를 만나면서 그의 노력에 감탄하고 고마워 사귀는 경우가 적지 않다. 하지만 남자는 절대로 그러지 않는다. 남자에게는 처음부터 아닌 것은 끝까지 아닌 것이다.

남자는 처음부터 아니라고 생각해 그녀를 내버려두었는데 그녀 외에 주변에 다른 여자가 없으면 그녀와 사귄다. 그것도 진짜 사랑하는 사람처럼 사귄다. 하지만 주변에 다른 여자가 생기면 가차 없이 그녀 곁을 떠난다. 물론 여자들 중에서 사귀는 남자가 있다가 능력 좋고 인물 괜찮은 남자가 나타나면 그 남자로 갈아타기도 한다. 하지만 여자는 최소한 가식적으로 그 남자를 만나지는 않는다.

그리고 남자들 중에는 여자에게 돈과 조건으로 다가가는 이들도 적지 않다. 된장녀, 자기가 여자인 게 벼슬인 줄 아는 보슬아치들도 가리지 않는다. 일단 자기 눈에 들어오면 그것으로 끝이다. 연봉이 5억 원 되는 남자가 여자에게 한 달에 300만 원 쓴다고 해서 달라지는 것은 없다. 한 번 만날 때마다 50만 원씩 준다고 해서 그를 멍청이라고 하겠는가. 어차피 그는 그 돈으로 여자를 꼬셔왔고 돈은 얼마든지 벌 수 있다.

그로서는 그녀가 자신에게 가식이든 진심이든 자신에게 잘해주고 내가 원하는 것만 해주면 그만이다. 여자 입장에서도 자기에게 돈 많이 써주는 남자가 좋은 건 마찬가지다. 특히 능력이 고만고만한 여자들일수록 이런 남자를 만나 결혼까지도 생각할 것이다.

하지만 그는 당신이 예뻐, 당신이 괜찮아 만나는 것뿐, 당신을 그는 결혼 상대로 생각하는 것은 절대로 아니다. 괜히 헛된 상상하지 말라는 뜻이다. 그는 결혼을 비슷한 레벨의 집안과 하거나, 비슷한 직업이나 대우를 받는 여자와 한다.

남자가 능력만 있고 돈이 없다면, 구체적으로 의사라면 전문의 자격증을 따고 개인 병원이라도 차리고 싶어한다. 그럴 때 그들이 꼽는 최고의 여자는 결혼할 때 여자 집에서 개인병원 차릴 정도로 돈을 대줄 수 있는 상대다. 아니라고 하더라도 어쩔 수 없는 현실이다. 결혼을 결심했다가도 현실이 맞지 않아 파혼하는 이들이 의외로 많다.

1억이나 2억 원 들어가는 결혼이 아니다. 최소한 몇 억 원이고,

많게는 몇 십억 원이 들어갈지도 모른다. 당신 집안이 그렇게 돈이 많다면 모를까, 그만한 돈이 없다면 결혼은 꿈도 꾸지 않는 게 상책이다. 아무리 남자가 사랑에 모든 것을 바친다고 해도 남자만큼 현실을 따지는 동물도 없다.

이 글을 적으면서 씁쓸한 기분이 들었다. 좋게 포장해서, 아름답게 포장해서 보여줄 수도 있었다. 하지만 그렇게 적기에는 현실이 너무나 눈에 뻔히 보이는데, 보이는 사실을 손바닥으로 가린다고 해도 전체를 가리지 못하는 것 아닌가. 현실을 부정하고 싶다면 부정하라. 믿고 싶지 않다면 믿지 않으면 된다. 하지만 언젠가는 그 현실과 만날 날이 올 것이다. 그때 현명하게 대처하기 위해서는 지금 준비하고 있어야만 한다.

Part 3

그 는 왜
당 신 에 게
짜 증 내 는
걸 까

이런 여자 만나면
피곤하다

글을 쓰기에 앞서 인터넷에서 이와 비슷한 제목을 찾아 읽어보았다. 남자들이 싫어하는 여자, 남자를 짜증나게 하는 여자, 무개념녀, 된장녀, 보슬아치 등등……. 이런 글을 읽으면서 여자들에게 말해주고 싶은 것이 떠올랐다. 이 글을 읽고 악플을 달든 나를 비방하든 상관하지 않겠다. 하지만 여자인 당신이 얼마나 바보같이 행동하고, 그 때문에 이별을 부추기고 있는지 생각해주기 바란다.

같이 떠나면서
늘 빈손인 여자

1년 전, 아는 후배가 여자친구와 제주도로 여름휴가를 떠나기로 했다. 2박 3일 코스였다. 여자친구가 꼭 가보고 싶다고 해서 반년 전부터 계획한 일정이었다.

보통 그 일정이라면 경비는 150만 원은 기본이다. 거기에 좀 더 고급스럽게 지내고 싶거나 차까지 렌트하면 300만 원은 잡아야 한다.

300만 원이면 연봉이 4,000만 원인 직장인의 한 달 실수령액이다. 아무리 국내 여행이지만 제주도는 돈이 많이 든다.

후배라고 돈이 화수분처럼 샘솟는 것도 아니고, 중소기업에 다니다 보니 많은 돈을 버는 것도 아니었다. 하지만 모처럼 직장에 다니는 여자친구와 가는 여행이라 그동안 아끼고 아껴 마련한 여행자금이었다.

후배가 여자친구에게 말했다.

"같이 가는 여행이니까 50만 원 정도는 보탤 수 있지?"

그녀의 대답은 간단했다.

"나? 돈 없어."

그러고는 이런 말도 덧붙였다.

"현금 모자라면 카드 긁으면 되잖아."

그 말에 후배는 아무리 좋아하는 여자친구지만 너무나 섭섭했다고 내게 토로했다.

"카드 값은 공짜냐?"

데이트하거나 여행하면서 쓰는 경비는 무조건 남자가 떠안아야만 할까? 남자가 호구는 아닌지 않은가.

후배의 경우, 둘이 가는 여행이 아닌가. 더구나 여자친구가 백조도 아니고 떳떳하게 직장에 다니며 돈을 벌 텐데 왜 그 많은 돈을 남자만 떠안아야만 할까? 후배의 지갑은 무한리필이 아니다.

휴가 때 친구들과 해수욕장에 가면 개인당 30만 원 한도 내에서 재미있게 놀다 올 수 있다. 하지만 여자친구가 있기에, 더구나 여자친구가 제주도에 가고 싶다고 해서 반년 전부터 계획한 것 아닌가. 그런데도 그녀는 후배가 모든 것을 해주는 게 당연하다는 투였다. 아무리 좋아하는 상대라도 그렇게 대꾸하는데 누군들 섭섭하지 않을까.

"없으면 힘들더라도 내가 마련해야겠죠. 하지만 그 말을 들으니 내가 헛일을 하는 게 아닌가 싶었어요."

그 여자친구가 개념이 있었다면, 정말 그때 돈이 없고 상황이 어렵더라도 이렇게 말했다면 후배가 상심하지는 않았을 것이다.

"미안해. 지금은 오빠 카드를 사용하고, 카드 값이 나올 때 내가 도와줄게."

후배의 여자친구는 극히 개인적인 경우가 아니다. 돈 문제 때문에 기분 상하는 남자들이 의외로 많고, 남자들 중에는 이런 말도 자주 듣는다고 한다.

"내 친구의 남자친구는 자기가 다 계산했다는데……."

"원래 휴가 갈 때는 남자가 다 내는 거 아니야?"

남자 마음이야 좋아하고 사랑하는 상대에게 없는 것까지 긁어 퍼주고 싶고, 더 좋은 데 데려가고 싶을 것이다. 하지만 현실이 그렇지 못하다. 그래서 후배도 속된 말로 쪽팔림을 무릅쓰고 그렇게 말한 것 아니겠는가.

남자가 되어
그것도 하나 못해

5개월 전 일이다. 아는 여자 집에 놀러갔는데, 그녀가 냉장고에서 통조림 하나를 꺼내더니 내게 말했다.

"이것 좀 열어줘."

통조림 뚜껑 따는 거야 일도 아닐 듯했다. 그런데 그게 아니었다. 얼굴이 빨개지도록 애썼지만 결국 열지 못했다. 내 나름대로 힘이 세다고 자부했지만 뭐가 잘못되었는지 통조림 뚜껑은 완강하게 버텼다.

그런 내게 비수를 꽂는 그녀의 말.

"남자가 되어가지고 그거 하나 못 열어?"

최소한 내 얼굴이 빨개지고 낑낑대는 걸 보았다면 그렇게 말하지는 않았을 것이다.

"그만해. 이거 불량품인가 봐. 마트에 가서 다른 거로 바꿔달라고 해야겠어."

그래도 남자가 고집이 있어서 끝까지 시도하려고 하면 "다쳐. 그만해. 그만하면 최선을 다했어"라고 말해주는 것은 무리한 요구일까?

모든 남자들은 슈퍼맨이 아니다. 영화에서처럼 사랑하는 여자를 위해 목숨을 걸고, 악당과 싸우고, 17 대 1 싸움도 마다하지 않고 뛰어드는 그런 남자는 없다. 현실은 현실이다. 힘 센 남자가 있으면 힘이 약한 남자도 있고, 힘 대신 명석한 두뇌를 가진 남자도 있다. 그런데도 남자는 무조건 여자를 보호해야 하고, 여자보다 술을 잘 마셔야 하고, 여자에게 잘해야 한다는 고정관념은 버려주기 바란다.

여자는 약한 종족이라지만, 요즘에는 털털하고 여장부 같은 스타일이 남자에게 인기 있다. 그런 여성일수록 상대 남자를 편안하게 해주는 능력이 탁월하기 때문이다. 의견 충돌이 있어도 삐지지 않고, 뒤끝이 없으며, 속마음을 솔직하게 말해 오해가 생기지 않는다. 넘어갈 것은 편하게 넘어가고, 상대의 단점을 애써 들춰내려 하지도 않는다. 문제는 그런 여자가 많지 않다는 점이다.

여자들 중에는 "남자는 이렇게 해야 된다"거나 "남자는 이렇게 행동하는 거야"라며 남자를 가르치는 경향도 있다. 내 경우도 그렇다.

몇 번 만나 익숙해진 여자와 고깃집에 가게 되었다.

고기가 나오고, 그녀가 가위와 집게를 잡고 고기를 구우면서 이렇게 말했다.

"이런 거는 원래 남자가 해주는 거예요. 알고 계시죠?"

내가 꼭 이래야 하느냐는 항의의 표시로, 이러는 거는 이번 한 번으로 끝이라는 못을 박는다. 갑자기 내가 몹쓸 놈이 되어버렸다. 그런 게 법으로 정해져 있는가? 고깃집 메뉴판에는 여자와 같이 왔다면 고기는 남자가 구워야 된다고 적혀 있는가?

남자든 여자든 고기를 먹는 것은 편하지만 가위질하는 것은 귀찮은 일이다. 하지만 내가 그 자리에서 "내가 고기 사는 거니까 고기는 굽는 건 당신이 하는 게 맞아"라고 말한 것도 아니지 않는가. 나는 가만히 있는데, 나는 아무 말도 하지 않았는데 왜 그런 말로 나를 압박하는가? 유명한 고깃집이었지만 그날 먹은 고기는 왜 그리 질기고 맛이 없었는지……. 그녀와 만남은 그것으로 끝이었다.

애정이 식은 거야 혹시 바람피우지

몇 달 전, 한 남자로부터 받은 메일을 열어 보고 나 역시 동감한 적이 있었다. 3개월 동안 공들여 사귄 여자와 2개월 만에 헤어졌다는 사연이었다. 그것은 아주 사소한 일 때문이었다.

그는 2개월 동안 그녀를 자기 차로 출근시켜주었다고 했다. 비가 오든 무더운 날이든 그녀를 그녀의 회사까지 데려다주고 나서 다시 그가 다니는 회사까지 돌아오는 데 한 시간 이상 걸렸다고 했다. 그녀의 회사를 거치지 않으면 20분밖에 걸리지 않았지만 그녀를 사랑해서 그만한 수고를 감내했다. 기름 값이 많이 들었지만 그보다 그녀와 아침을 함께 한다는 것이 너무나 행복했다.

하지만 그 때문에 지각하는 횟수도 늘고 말았다. 회사 눈치를 보지 않을 수 없는 처지였기에 얼마 후 염치를 무릅쓰고 그녀에게 부탁했다.

"출근 시간을 맞추기가 좀 힘든데, 일주일에 한두 번만 해주면 안 될까?"

여자는 "그럼 그렇게 해"라고 말했지만 다음날부터 여자의 행동이 돌변하기 시작했다. 전화도 잘 받지 않고, 그에게 전화하는 횟수도 급격히 줄어들고, 주말에 만나기도 싫어했다. 그러더니 2주일 뒤에 그에게 일방적으로 이별 통보를 했다.

"내 마음은 그런 게 아닌데, 그녀를 되돌릴 수 있는 방법이 없을까요?"

그가 정말 하고 싶은 말이었다.

그의 고민에 나는 "끝내세요"라고 단호하게 말해주고 싶었지만 그렇게 말하지 못했다. 그가 그녀를 위해 노력한 흔적이 사연 곳곳에 묻어 있었기 때문이다.

까놓고 말해 남자들이 애정이 식는 것은 어쩔 수 없다. 그런데 그것을 바람을 피우는 것이라고 의심하거나 다른 여자가 생겼기 때문이라고 단정 짓지는 말자. 남자는 한 여자를 만나 그녀가 마음에 들면 그녀에게 잘 보이기 위해 얼마나 노력하는 줄 아는가? 그녀와 레스토랑에서 칼질하는 것은 아깝지 않지만 혼자 먹을 때는 삼각김밥도 아까워하는 게 남자다. 그녀를 집에 데려다줄 때는 택시 타고 서울 전역을 넘나들지만 돌아올 때는 피곤함과 긴장감이 풀려 버스 안에서 졸다가 종점까지 가는 경우가 허다하다.

이런 남자의 마음을 조금이라도 헤아려주기 바란다. 남자는 마음에 드는 여자를 얻기 위해 모든 에너지를 다 쏟아 붓는다. 그만큼 신경이 곤두서고 피곤하다. 애정이 식은 것이 아니다. 애정은 그대로 남아 있지만 당신 때문에 소홀했던 현실적인 문제를 해결할 때가 된 것이다. 바람둥이나 나쁜 남자라서 그런 게 아니라, 모든 남자가 다 그렇다.

> 연애는 결코 혼자 하는 게 아니다. 좋아하는 연예인에게 흠뻑 빠지는 그런 관계가 아니다. 서로의 가치관이 다르고, 서로가 부대끼는 현실이 다르다는 것을 서로가 인정해야 한다. 그것을 이해하고 인정할 때 진정한 연인 관계로 발전할 수 있다. '나는 여자니까 안 돼', '나는 남자니까 이래야 해' 사고방식은 서로에게 아무런 도움도 안 되고, 오히려 상대를 힘들게 할 뿐이다.

때로는 뜨겁게
때로는 차갑게

"마음에 드는 사람과 사귀는 데 성공했는데 그 뒤 그가 차가워졌다……."
이런 사연이 내 매일함을 자주 채운다. 도대체 누구 잘못일까? 무엇이 잘못된 걸까?
그 상황에 어떻게 대처해야 할까?

그의 속도에 맞추면
금방 질린다

"남자는 양은냄비처럼 사랑하고, 여자는 뚝배기처럼 사랑
한다."

남녀의 사랑을 대변하는 명언이다. 누구나 이 말을 알고 있다.
그리고 당신도 알고 있는 사실이 있다.

"남자는 여자와 육체적인 관계를 맺어야 진정한 사랑이라고 느
끼지만, 여자는 남자와 마음이 통해야만 진정한 사랑이라고 느낀
다."

다들 알고 있다. 그런데 왜 굳이 이 말을 꺼낼까? 이 사실을 잘

알고 있으면서도 이 말을 제대로 활용할 줄 모르기 때문이다. 남자는 마음에 드는 여자를 만나면 급할 수밖에 없다. 연애 초반에 '그녀를 어떻게든 내 여자로 만들겠다'는 생각이 강하다. 그런 그 앞에서 당신이 왜 그의 속도에 맞추는가?

당신의 마음을 모르는 건 아니다. 마음에 드는 상대를 만났을 때, 그가 만나자고 하면 얼른 만나고 싶고, 그와 같이 있고 싶을 것이다. 그와 함께 있으면 즐겁고 재미있다. 하지만 너무 자주 만난다고 생각하지는 않는가?

"우리는 불같은 사랑을 했죠. 이틀에 한 번씩 만났어요."

그 이틀에 한 번씩 만나는 동안 행복했을 것이다. 마냥 좋았을 것이다. 하지만 그 행복이 얼마나 오래 갈까? 상대는 당신을 빨리 얻고 싶어하고, 당신은 덩달아 거기에 맞추어주고 있으니. 그렇게 두세 번 만나 그와 볼 것 안 볼 것 다 본 사이가 되면 그는 당신과 만나는 속도가 현저하게 줄어든다. 더 이상 애절한 것이 없기 때문이다.

외국에 간 친구가 1년 만에 돌아와 만나면 얼마나 기쁠까? 얼마나 보고 싶을까? 그런데 이틀이나 사흘에 한 번꼴로 만난다면 그때만큼 애절할까? 보고 싶고 만날수록 기쁠까?

속도를 조절하라. 그가 급하게 다가올수록, 그가 빠르게 다가올수록 한 발 뒤로 물러나는 센스가 필요하다. 아무리 그가 마음에 들어도.

애정이 식은 그를
보채지 마라

연애 초반에 그가 당신에게 잘해주는 기간은 대부분 한 달 정도다. 한 달 정도 연애 기간을 가지면서 일주일에 두세 번 만나다 보면 '이 남자 바람둥이인 줄 알았는데 괜찮네', '나쁜 남자인 줄 알았는데…….' 정말 나를 사랑한다는 감정을 느낀다. 하지만 그와의 불화는 여기서부터 시작된다. 그때, 남자는 애정이 식어가기 시작하고, 여자는 애정이 불타오르기 시작한다.

이제 당신은 그에게 수시로 전화할 테고, 그를 챙겨주고, 그에게 잘해주려고 노력할 것이다. 하지만 그는 당신을 후순위로 생각한다. 당신을 사귀기 위해 급하게 다가간 현실이 그때부터 보이기 시작하는 것이다.

'내가 그간 돈을 얼마나 썼지?', '이번 달 카드 값은 어떻게 하지?', '모임에 안 가서 친구들이 삐졌을 텐데……', '동호회에 나가야 되는데……' 생각이 많아질 수밖에 없다. 그러면 자연스럽게 당신과 만나는 횟수가 줄어들 테고, 당신과 연락도 자주 하지 않게 될 테고, 당신의 연락을 피하기까지 할 것이다.

당신은 섭섭할 수밖에 없다. 이제야 사랑이라는 것을 느꼈는데, 그의 마음을 진심이라고 믿었는데……. '나를 속인 건가?', '사랑한다는 말은 거짓말인가?' 생각이 들면서 배신감과 억울함이 밀려올 것이다.

그렇다고 개똥을 밟았다고 생각하고 헤어지는 것도 쉽지 않다. 어떻게든 그를 돌려보려고 애쓰고, 예전에 내게 잘해주고 나만 바라보았던 그를 돌려놓으려고 그에게 투정도 부리고, 그 앞에서 눈물도 흘려보고, 그와 싸우기도 할 것이다. 그러나 이 방법은 틀렸다. 한두 번은 그가 잘못했다며 넘어가겠지만 계속 그렇게 하면 그의 짜증만 키울 뿐이다. 그로서는 아쉬울 게 없다. 당신에게 투자한 돈? 일한다면 얼마든지 곳간은 채워 넣을 수 있다. 돈이 아까웠다면 처음부터 당신을 만나지도 않았다.

그의 애정이 식었음을 느꼈다면 어떻게 해야 할까? 가장 현명한 방법은 더욱 더 이해해주는 척하는 것이다. 내숭을 떨 줄 알아야 한다는 것이다. 그가 현실적인 부분을 처리하고 다시금 당신의 소중함을 깨닫게 하려면 걱정이 앞서고 힘들더라도 그를 이해해주어야 한다.

"왜 연락 안 되는 거야?", "메일 보냈는데 왜 답장 안 해?", "저녁에 전화 준다면서 왜 안 해?" 따진다고 상황은 바뀌지 않는다. 어린아이처럼 보챈다고 그가 달라지는 것도 아니다. 오히려 전화할 때마다 그에게 힘을 주고, 반갑게 맞이해주면 남자라는 동물은 본능적으로 느낀다.

'지금 나를 알아주는 사람은 그녀밖에 없구나.'

그렇다고 천년만년 그럴 수는 없다. 그래서도 안 된다. 그의 애정이 식었다면 한 달 정도만 유예기간을 두고 이해해주어라. 그 뒤에도 그가 계속 그렇게 나온다면 그때는 미련 없이 정리하는 것이 현명하다.

아무리 가까워도
달라붙지 마라

그는 왜 당신보다 예쁘지도 않는데, 더 괜찮은 것도 아닌데 다른 여자를 만났을 때 흔들릴까? 이유는 새로운 사람이라는 설렘과 신비감 때문이다. 모든 여자들이 똑같은 신체 구조를 가지고 있고, 별반 다른 것도 없는데도 설렘과 신비감 때문에 기대심리가 큰 것이다.

당신을 처음 만났을 때 그도 그랬을 것이다. '사귀고 싶다', '어떻게든 내 여자로 만들겠다' 생각했을 것이다. 하지만 시간이 흘러 더 이상 설렘이 없으면 처음 보았을 때 그 마음이 생기지 않는다. 처음 만났을 때 그 애절함이나 절실함이 느껴지지 않는다.

다른 남자들에게 물어보라. 당신이 언제 가장 예뻐 보였는지? 당신이 언제 가장 괜찮아 보였는지? 아마도 대부분 남자들은 당신을 처음 보았을 때가 가장 많을 것이고, 그 뒤로 두 번째, 세 번째 보았을 때일 것이다. "너는 언제 봐도 예쁘다"고 말하는 것은 립서비스에 불과하다.

왜 이 말을 구구절절 말하는가? 이 글을 읽는 당신에게 당부하고 강조하고 싶다. 여자에게 내숭은 사치가 아니라 필수다. 볼 것 안 볼 것 다 본 사이라고 해도 내숭은 영원히 지속되어야 한다. 설렘이나 신비감을 어떻게든 길게 잡고 가야 질리지 않는다. 항상 수줍어하고, 항상 부끄러워하고, 항상 약한 척하면서 당신이라는 존재를 그에게 계속 어필해야 한다.

내가 만난 사람들 중에 친구로 지내는 다섯 살 어린 여자가 있다. 서로 안 지 5년이 되었는데, 그녀를 만날 때마다 설렌다. 그녀를 만날 때마다 궁금하다. 만날 때마다 그녀는 내 호기심을 자극한다. 5년 동안 그녀를 50번을 넘게 만난 것 같은데, 아직도 처음 만나는 것처럼 설렌다.

그녀는 내게 말을 놓지 않는다. 처음부터 말을 놓지 않았고, 지금도 여전히 존칭을 쓴다. 그녀는 나를 만날 때마다 흐트러진 모습을 보여주지 않았다. 늘 화장하고 늘 꾸미고 나온다. 그리고 그녀는 항상 수줍어하고, 항상 부끄러워하고, 항상 볼이 빨개져서 어쩔 줄 몰라 한다. 그녀가 연기하고 있고, 내숭 떨고 있다는 것을 나도 안다. 하지만 나 역시 남자다. 이런 여자를 원하고, 이런 여자가 나를 이해해주면 세상 모든 걸 가진 것 같다.

편안해지면 안 된다. 이해하는 마음은 편안해지더라도 보여주는 모습은 늘 여자여야 한다. 그를 이해해주고 그의 속마음을 알아주는 것은 편안해지더라도, 당신이 그에게 비치는 것이나 행동은 편안해지면 절대로 안 된다.

어제 그와 막말을 오가며 싸우고 죽일 듯 해놓고 오늘 "여자인데 내가 이런 걸 어떻게 해……" 말한다면 그에게 먹힐 것 같은가? 곧바로 그의 입에서 "지금 장난해?"라는 말이 나올 게 분명하다. 둘이 밥 먹을 때 새끼 공룡처럼 밥 먹어 놓고, 다음날 "저녁 안 먹었어?"라는 전화에 "나 다이어트 중이잖아" 말하면 그가 어떻게 받아들일까?

처음부터 당신만의 콘셉트를 잡았다면, 그 콘셉트를 유지할 수 있어야 한다. 남자들이 왜 청순가련형 여자를 가장 선호하는지 알기 바란다.

사랑받고 싶다면
먼저 투자하라

얼마 전, 〈미친 연애〉 블로그에 '여자 입장에서 본 매력 없는 여자'를 올렸더니 남자 회원들로부터 메일을 받았다. 맞는 말인데, 왜 자기들 입장에서는 쓰지 않느냐는 항의였다. 그래서 남자들의 공감을 이끌어내면서도 이 글을 읽을 여자들에게 일침을 가하고자 한다.

뚱뚱해도 통통하다고
우기는 여자

남자들은 흔히 "외모보다 마음이 우선"이라고 말하지만 까놓고 보면 대부분이 여자의 외모를 먼저 따진다. 사회생활을 하다 보면 못생긴 여자인데도 그녀와 정이 들고, 그녀의 내면적인 아름다움을 알게 되어 사귀고 사랑하는 경우도 있다. 하지만 단언하건대 뚱뚱한 여자는 절대로 아니다.

나는 여자들이 살을 빼지 못하는 이유를 도저히 납득하지 못한다. 그녀들은 이렇게 말한다. "몸이 아파서 병원에 오래 있다 보니 이렇게 되었어요", "스트레스를 먹는 거로 풀다 보니……", "물만 먹어도 살이 찌는 체질이라서 어쩔 수가 없어요", "저녁때마다 술자리가 연속이라서"……. 이 말 뒤에 꼭 한 마디 덧붙인다. "그래도 예전에는 얼마나 날씬했는데요." 간혹 핵폭탄급 발언을 당연하게 하는 여자도 있다. "나는 날씬하면 안 예뻐 보여요." 볼살이 빠지면 이상해 보인다는 말인데, 드럼통보다 콜라병이 보기 좋고 무보다 오이가 보기 좋은 것은 당연한 사실 아닌가.

뚱뚱한 여자들은 살을 빼고 싶다고 수없이 생각했을 것이다. 그런데도 여전히 살을 빼지 못하는 근본적인 이유는 여자로서의 매력을 애초에 포기해버린 탓이다. 그러면서 성형수술하면 남자가 오리라, 코만 높여도 남자들이 다르게 볼 것이라고 자신하는데, 성형수술보다 살이 우선순위다. 성형수술을 할 돈으로 위 절제 수술이라도 받기를 간곡하게 당부한다. 의지로 안 되면 의학적인 도움이라도 받아야 하는 것은 당연한 수순이다. 이렇게 말하면 뚱뚱한 여자들이 기분 나쁘고 열 받을 것이다. 하지만 그럴 시간에 지금까지 무시와 괄시를 받으면서 살아온 세월을 생각할 일이다.

뚱뚱한 여자들이 안고 있는 문제점 중 또 하나는 남자를 만나거나 사귀더라도 자신과 비슷한 체형의 상대를 만난다는 점이다. 둘이 데이트하는 것을 보면 솔직히 기가 찬다. 맛집 프로그램을 하루에 서너 개 찍는 장면이 수두룩하다.

나 역시 뚱뚱한 여자를 사귄 경험이 있다. 하지만 그 여자를 만나 공공장소에는 한 번도 같이 다니지 않았다. 아는 사람이라도 만났을 때 "누구야?"라고 물어보면 대답할 말이 나오지 않았기 때문이었다. 자신 있게 "내 여자친구야"라고 말할 수 없어서였다. 사람들이 그녀와 팔짱을 끼고 명동 한복판을 걸어갈 때, 나와 전혀 상관없는 사람들이 우리 뒷모습을 보면서 손가락질할 것 같았고, 비웃을 것 같았다. 미안한 말이지만, 이것이 현실이다. 분명히 남자들도 길거리에서 이런 커플을 보면서 손가락질했을 테고, 이런 기분을 잘 알고 있을 것이다. 남자들이 뚱뚱한 여자를 싫어하는 이유를 에둘러 말하지 말자. 정답은 간단하다. 같이 다니기 싫기 때문이다.

그가 아무리 그녀의 내적인 아름다움을 알아준다고 해도, 그녀가 살이 빠지면 훨씬 괜찮아질 거라고 생각하지만 뚱뚱한 여자들은 여간해서는 살을 빼지 않는다. 그러다 그의 마음도 지쳐 가면, 그녀의 외모 때문에 사랑도 떠날 수밖에 없다.

늘 같은 모습만 보여주는 여자

"양파 같은 여자가 되어라."

여자들이라면 이 말을 수없이 들었을 것이다.

여자라면 누구나 양파 같은 여자가 되고 싶어한다. 하지만 여자들 대부분이 양파 같은 여자가 되지 못한다. 근본적인 이유는 자신만의 스타일을 고집하기 때문이다. 자기만의 화장법에 익숙해진 여자는 좋아하는 남자를 만나도 똑같은 화장을 하고 나온다. 긴 생머리를 고수하는 여자들은 어느 때든 그 스타일을 거의 버리지 못한다.

이런 여자들은 처음에는 호감이 가지만 시간이 갈수록 매력 없어 보인다. 두세 번, 아니 열 번을 만나도 모습이 예상되는 여자라면 질릴 수밖에 없다. 어느 남자도 게으른 여자에게는 끌리지 않는다.

"예쁘면 모든 것이 용서되는 거 아닌가요?"

이렇게 반문하겠지만 천만의 말씀이다. 일반적으로 남자는 먼저 여자의 외모에 호감을 가진다. 그런데 외모는 한 달 이상 이어지지 않는다. 그 다음부터는 볼수록 호감을 더하고 늘 새로운 사람을 보듯 변신하는 모습이다. 다양한 스타일을 낼 수 있어야 지루함도 덜하다.

패션 아이템이 정해져 있는 여자는 남자가 싫증을 낸다. 지금까지 만났던 남자들이 원피스를 입는 모습이 가장 예쁘다고 말했어도 새로운 남자를 만날 때 원피스만 입고 나가는 바보 같은 짓은 하지 말기 바란다.

또 한 가지 충고하고 싶은 것이 있다. 남자를 대할 때는 봄, 여름, 가을, 겨울이 분명해야 한다. 뜨거울 때는 확실하게 뜨겁게 해 주어야 하고, 차가울 때는 확실하게 차가워야 한다. 그가 여름인데 혼자 겨울이어서는 안 되고, 반대로 그가 겨울인데 혼자만 여름이어서도 안 된다. 같이 느껴야 공감대가 확실하게 오가는 법이다.

물론 변화를 주는 데는 한계가 있다. 아이라인을 좀 더 진하게 그린다고 해서 더 예뻐 보이는 것은 아니다. 몇 백만 원짜리 원피스를 입었다고 해서 그가 당신에게 더 끌리는 것도 아니다. 한 가지 모습이라도 그에게 늘 새롭게 보이도록 다양하게 연출할 수 있어야 한다. 아울러 그를 사랑한다고 해서 그에게 푹 빠져 있는 모습만 보이는 것이 아니라, 온탕과 냉탕을 번갈아 펼치면서 그에게 당신의 냉정함과 열정을 유감없이 보여주어야 한다.

늘 똑같은 모습만 보여주는 여자는 어제와 똑같이 눈물만 흘릴 뿐이다.

여자가 맞는지 의심스러운 여자

남자를 만나도 무뚝뚝하고, 반대로 늘 도도한 여자들을 볼 때마다 안타까움만 앞선다. 그 무뚝뚝함과 도도함이라는 방어벽을 앞세우고 있으면 누가 다가가겠는가?

남자들은 당신과 밥을 먹거나 차를 마시는 자리에서 당신이 마음에 들어도 알아서 정리해버린다. 여자라면 빈틈도 있어야 하지 않을까? 옛날처럼 무뚝뚝하거나 도도한 여자에게 올인하는 남자는 지금은 극소수다.

특히, 차갑고 도도한 여자들일수록 남자들이 다가가지 않는다. 그 방어벽을 뚫고 들어오는 남자들은 바람둥이거나 나쁜 남자뿐이다. 그 방어벽을 뚫고 들어오는 남자가 진짜 사랑인 줄 알고 봉인을 해제했는데 돌아오는 건 그의 잔인한 이별 통보…… 그렇게 되면 그녀는 자신의 방어벽이 문제라고 생각하는 것이 아니라 그 경험 때문에 아예 만리장성을 만들어버린다.

진정 사랑하고 싶다면 상대가 오게끔 투자하라. 그의 썰렁한 이야기에도 웃어주고, 챙겨주고, 그의 능력을 대우해주면서 그가 당신에게 빠지게끔 하라. 도도함보다는 섬세함이 사랑을 이끄는 열쇠다. 콧대가 높은 것은 자존심 문제지만, 자존심만으로는 사랑을 얻을 수는 없다.

그리고 이것만은 알아두기 바란다. 당신이 쌓아올린 방어벽을 뚫고 들어오는 남자가 좋은 남자가 아니라 그 방어벽을 넘어가지 못한 채 밑에서 발만 동동 굴리고 있는 남자가 당신에게 사랑을 선물해줄 진정한 남자다.

이런 말에 남자는
짜증 난다

남자와 여자가 만나 사귀고, 행복한 날들만 있을 거라는 기대와 달리 서로가 힘들어지는 순간도 있을 것이다. 사랑하니까 이해하고 넘어갈 수도 있고 덮어버릴 수도 있지만, 생각 없이 내뱉은 말 한 마디가 두고두고 가슴을 후빈다.

사랑하면서
이것도 안 해주다니

사랑이란 무엇인가? 남자와 여자를 떠나 물어보고 싶다. 여러 가지 수식어가 붙겠지만, 늘 빠지지 않는 단어가 있다. 바로 희생이다. 사랑하니까 그렇게 해주는 것이다. 사랑하니까 그렇게 할 수밖에 없는 것이다.

특히, 여자들이 폭풍같이 공감하는 말, "그럼에도 불구하고 사랑한다." 하지만 이것은 착각도 여간한 착각이 아니다. 당신이 생각하는 사랑과 그가 생각하는 사랑의 개념은 전혀 다르다.

사랑의 크기는 저마다 다르고 개념 자체도 다르다. 그런데도 당신은 그에게 "이 정도는 해주어야 당연한 거 아니야?"라며 희생을 강요한다.

물론 이렇게 말하는 여자들의 마음을 이해하지 못하는 것은 아니다. 당신이 그에게 알게 모르게 희생했다는 것을 모르는 것도 아니다. 그럼에도 불구하고 이 말이 남자를 짜증나게 하는 것은 당신이 이 말을 사랑이라는 개념과 결부시켰기 때문이다. 그것을 하지 않으면 그가 당신을 사랑하지 않는 것이라고 만들어버렸기 때문이다.

그냥 해달라고 말해도 편하다. 그냥 해주라고 말해도 괜찮다. 하지만 "이 정도는 해주어야 당연한 거 아니야?"라며, 이것을 하지 않으면 나를 사랑하지 않는 것이라고 단정해버리는 것이 남자를 짜증나게 한다.

내가 20대 중반 때의 일이었다. 당시 사귀는 여자와 커피숍에서 데이트를 했는데, 그녀가 쇼핑백을 들고 왔다. 그 안에서 하트 모양이 반쪽씩 새겨진 티셔츠를 내 앞에 내밀었다. 그 옷을 화장실에서 갈아입고 나가자고 했다. 그녀가 원했던 스토리였다. 반쪽의 하트가 완전한 하나로 결합하는 것. 나는 낯간지럽다며 거부했다. 못한다고 말했다. 몇 번이나 설득하는 여자, 강하게 저항하는 남자…….

내가 강하게 거부하자 그녀가 이렇게 말했다.

"나를 사랑하면 이 정도는 해줄 수 있는 거 아니야? 나를 사랑하지 않는구나.”

사랑한다고 말했다. 좋아한다고 말했다. 단지 이런 옷을 입고 길거리를 돌아다니는 게 싫었을 뿐이었다. 하지만 승리는 그녀의 몫이었다. 다른 사람들이 모두 주시하는 커피숍 안에서 눈물까지 흘리는 신공에는 더 이상 버티지 못한 까닭이었다. 한동안 나는 패배의 쓴잔을 혼자 감내해야만 했다.

사랑이 강요는 아니지 않는가. 사랑한다는 이유만으로 모든 것을 해줄 수는 없는 것 아닌가. 그러지 못할 때도 분명히 있다. 내가 그렇게까지 하기 싫은데 억지로 해야만 사랑이라고 느끼는 걸까? 사랑에는 희생이 필요하지만, 희생이 사랑을 대표하는 단 하나의 단어는 아니라는 점을 알아주기 바란다.

너는 내 마음을 하나도 몰라

지금까지 수백 명의 여자를 만나왔고, 여자에 관해 수없이 연구하고, 심리학도 공부하고, 연애 노하우 쌓기를 게을리 하지 않았지만 아직도 오리무중인 것이 있다. 여자의 언어를 아직도 전부 이해하지 못했다는 것이다.

그 중에서 가장 답답하게 느끼고, 나를 비롯해 수많은 남자들이 짜증내는 것이 이 말이다.

"너는 내 마음을 하나도 몰라."

당연히 모르는 것 아닌가. 당신도 그의 마음을 어떻게 다 알겠는가. '열 길 물속은 알아도 한 길 사람 속은 모른다'고 하지 않는가. 당연히 모른다. 상대가 알아듣기 쉽게 말하지 않는데 어떻게 그 마음속에 있는 것을 알겠는가.

그는 독심술을 가진 존재가 아니다. 무슨 말인 줄 알겠는가? 당신의 마음을 표현할 수 있는 단어는 얼마든지 많다. '기분 나쁘다', '기분 좋다', '짜증난다', '힘들다', '하기 싫다', '좋다'……. 한글만큼 사람 마음을 표현하는 단어가 많은 언어도 없다. 당신도 한국 사람이고 그도 한국 사람이다. 말을 하면 충분히 알아들을 수 있다. 그가 아프리카 원주민 언어를 사용하는 것은 아니지 않는가.

"남자는 표현하는 것이 정확하지만, 여자는 표현하는 것이 정확하지 않다."

남자와 여자와 다른 특징 중 하나가 이것이다.

당신이 그렇게 말하는 것은 충분히 이해한다. 당신 나름대로 그에게 수없이 표현했다는 것도 이해한다. 하지만 남자라는 동물은 그 순간만 기억하려는 성질이 강하다. 지나간 일들까지 꺼내어 생각하는 종족이 아니다. 그것이 연관되어 있다고 전혀 생각하지 못한다. 그래서 그때그때 당신의 기분을 분명하게 말하는 것이 서로가 원만한 연인 사이가 되는 지름길이다.

정말 나한테
미안하기는 한 거야

　　연인 사이가 되면 싸우는 일도 생긴다. 의견충돌이 생기는 결정적인 이유 중 하나는 남자의 잘못이다. 전화한다고 했는데 하지 않았을 테고, 하루 종일 연락이 닿지 않았을 것이다.

　삐쳐 있는 그녀를 풀어주는 것은 그의 의무다. 그때 남자들이 가장 먼저 하는 말은 이것이다.

　"미안해. 잘못했어. 다시는 안 그럴게."

　이런 말을 하고, 쉽게 넘어가주면 고맙겠지만 여자는 그렇지 못한다. 제3차 세계대전도 불사한다.

　"뭐가 미안한지 말해봐."

　"내가 무엇 때문에 화났는지 알기나 해?"

　확인사살에 들어간다. 이때 그의 속은 참을성 테스트의 최고조에 올라가 있다. 여기서 그가 머뭇거리듯 말하거나 엉뚱한 말이라도 하면 여자는 표정을 일그러뜨리며 반문한다.

　"내가 그거 때문에 화났다고 이러는 거야?"

　"진짜 나한테 미안하기는 한 거야?"

　그는 전화를 받지 못하고 연락이 닿지 못한 게 미안해서 늦었지만 당신에게 전화한 것이다. 이런 그의 마음을 이해하더라도, 그가 미안하다고 말하더라도 그것을 쉽게 받아주면 안 된다는 것은 나 역시 공감한다. 하지만 당신이 원하는 대답을 그가 해주기를 바라는가? 정말 그 말이 듣고 싶으면 당신이 이러저러해서 화가 났다고 구체적으로 말하라. 그래야 남자라는 종족은 알아듣고 자기 잘못을 뉘우친다.

그가 친구들과 술자리를 했다. 그녀는 초저녁에 그와 전화통화를 했다.

"집에 들어갈 때 전화할게."

그는 굳게 약속했다. 그 동안 당신은 그의 연락을 기다리고 있었다. 시간이 지나갈수록 걱정이 앞선다. 그에게 무슨 일이 있는 것은 아닌지 싶어진다. 혹시 술자리에서 시비가 붙은 것은 아닌지 괜한 상상도 한다. 전화가 오지 않는 그, 문자를 보내고 전화해도 받지 않는 그……. 그렇게 새벽까지 기다리다가 잠을 설친 당신은 억울할 것이다.

다음날 아침, 그에게서 전화가 왔다. 그녀는 화가 치밀어 따지고 물어볼 것이다. 그는 미안하다는 말부터 할 것이다. 당신이 확인할 수 없는 이런저런 핑계를 될 것이다. 이때 그 말이 진짜든 핑계든 믿어주어라. 그런 다음 당신이 어제 어떻게 보냈는지, 기분이 어땠는지, 얼마나 걱정했는지 차근차근 말하라. 그래야 그에게 미안함을 강하게 각인시킬 수 있다. 그것이 그에게 가장 확실한 경고 메시지다.

"내가 괜히 화내는 것 같아? 나한테 미안하기는 한 거야?"

반문하고 비꼬듯 하면 막장 드라마가 전개된다. 그는 그대로 나를 이해해주지 않는다고 말을 높일 테고, 당신은 당신대로 나를 이해해주지 않는다고 말을 높일 것이다. 그렇게 싸우다가 헤어지는 커플도 부지기수다.

이 글은 이런 여자가 짜증난다는 것을 보여주고 있지만 의도는 현명하게 연인을 다루는 방법을 알려주고 싶어서다. 좀 더 사랑하고, 좀 더 원만한 연인 사이가 되기 위해 상대방을 이해하는 노하우를 알려주고자 했다. 좀 더 현명해지기를 바라기 때문이다.

그가 다른 여자를
보는 까닭은

남자라면 누구나 한 번 이상은 길거리에서 지나가는 예쁜 여자를 유심히 바라본 적 있을 것이다. 그녀의 걸음걸이에 따라 본능적으로 시선이 옮겨졌을 것이다. 정말 본능만으로 그렇게 되는 걸까? 애인과 같이 있는데, 그가 쉴 새 없이 지나가는 여자들에게 레이저 광선을 쏘고 스캔한다면? 본능이므로 이해해주어야 할까? 남자라는 동물이 원래 그렇다고 치부해버리면 그만일까?

이런 남자는
바람피우기 쉽다

남자는 한 여자를 좋아하고 사랑하게 되면 그 여자만 눈에 들어온다. 그런 그가 당신과 함께 있으면서도 지나가는 여자들을 스캔하고 있다면 그것은 당신이 점점 지겨워지고 있다는 뜻이다. 그는 다른 여자를 만난다면 99.9퍼센트 당신 몰래 바람을 피울 남자다. 그만큼 당신의 존재감이 없다는 말이다.

쳐다보지 말라고, 왜 그렇게 다른 여자를 보냐고 물으면 그는 얼버무리듯 대답한다.

"미안, 그냥 시선이 가서……."

이때 당신의 반응은 어떤가? 그가 그렇게 해도 자존심 때문에 말을 하지 않거나 그런 그를 이해하려고 애쓴다.

'남자니까 당연해.'

'나도 잘생긴 남자가 지나가면 나도 모르게 보게 되는걸.'

하지만 당신이 그와 함께 있으면서 대놓고 그 남자를 보는 것은 아니지 않은가. 오히려 당신이 이해해주니까 그가 대놓고 그러는 것이다. 고칠 수 없는 병, 어쩔 수 없는 본능이라고 생각하고 넘어갈수록 그의 병은 더 심해진다. 그럴수록 당신의 자존심도 같이 무너진다.

당신밖에 대안이 없기 때문

'예전에 진짜 예쁜 여자를 사귀었는데…….'

남자는 지금까지 만났던 여자들과 지금 만나는 당신을 비교한다. 그가 당신을 만나기 전에 사귀었던 여자가 예쁠수록 이런 현상이 자주 나타난다. 그녀가 아쉽기 때문이다. 그녀에게 차였던 남자일수록 이런 증상이 심하게 나타난다.

그가 당신이 없으면 죽을 것 같아서 사귀는 것 같은가? 오해하지 마라. 단지 지금 당신 외에는 다른 여자가 없어서, 당신이 같이 있기에 괜찮다고 생각해서 당신을 만나고 있다는 생각은 하지 않는가?

친구와 길을 걷다가 정말 예쁜 여자와 평범한 남자가 커플이 된 모습을 보았다. 그때 친구가 중얼거리듯 말했다.

"나도 예전에 저런 여자랑 사랑했는데……."

"저 여자 옆자리는 나였어야 했는데……."

그 친구는 여자친구가 있다. 하지만 친구는 지금 사귀는 여자친구는 예전에 만났던 여자보다 못생겨 보인다고 했다. 여자친구가 있으면서도 친구는 내게 끊임없이 부탁했다.

"예쁜 여자 있으면 소개시켜줘."

여자친구가 있으면서 왜 다른 여자를 소개받으려고 하는 걸까? 여자친구가 그에게 잘해주지 못해서? 아니면 여자친구가 사이코라서? 절대 아니다. 단지 지금 사귀는 여자친구가 예전에 만났던 여자보다 못생기고 몸매도 떨어진다고 생각하기 때문에, 자기가 그런 여자를 만나고 있다는 생각에 사로잡혀 지금의 여자친구가 눈에 차지 않는 것이다.

나는 예전에 BMW를 타고 다녔다. 그런데 IMF 때 사업이 폭삭 망하고 난 뒤 새로운 사업을 할 때는 그랜저를 타고 다녔다. 그 차를 타고 다니면서 사람들 만날 때마다 부끄러웠다. 사람들은 그렇게 생각하지 않겠지만 내 자신이 너무나 초라해 보였다, 그들은 예전에 내가 BMW를 타고 다닌 것을 알고 있기 때문이다. 돈을 벌자 말자 자동차부터 바꾸었다.

왜 자동차 이야기를 꺼내는지 짐작했을 것이다. 그만큼 사람들 눈에 보이는 것이 중요하다는 뜻이다. 여자도 마찬가지다. 남자에게는 과시욕이 있다. 예쁜 여자와 같이 다닐 때는 팔짱부터 끼지만 못생긴 여자와는 옆에도 같이 붙어 있지 않으려고 한다.

그를 보면
당신을 알 수 있다

그가 그렇게 행동한다면 당신은 불만스러워할 테고, 따끔하게 말하기도 할 것이다. 그때 그는 당신밖에 없다고 할 것이다. 때로는 자기 심장을 꺼내 진심을 보여주고 싶다고까지 할 것이다. 그러나 이런 말은 연애 경험이 두 번 이상인 남자라면 누구나 할 수 있다. 진심이 아니라 의례 하는 작업 멘트라는 말이다.

그는 당신에게 자주 전화하는가? 주말마다 당신과 만나려고 하는가? 데이트 준비는 철저한가? 당신에게 한 가지라도 더 해주려고 하는가? 친구들에게 당신을 소개시켜주는가? 지금 그의 행동을 보라.

체크해보라. 이 중 세 가지 이상이 안 된다면 그의 사랑을 의심해도 좋다. 당신은 그가 더 좋은 여자를 만나기 위한 징검다리 역할은 아닌지, 나만을 좋아해주는 여자, 내게 먼저 호감을 보인 여자라서 당신과 함께 있는 것은 아닌지 의심해보라.

당신은 그와 사귀고 있다고 생각하겠지만 그는 당신을 아는 여자로 취급할 수 있다. 그와 당신의 연애를 냉정하게 파악하라. 그리고 아니라고 결정했다면 냉정하게 이별을 선택하라. 이것이 정답이다. 그 순간 그는 당신을 붙잡겠지만, 시간이 지나면 당신의 뒤통수를 칠 수 있다. 그때 가서 당신이 울고불고한다고 그가 손을 내밀까? 누구보다 냉정하게 돌아서는 것이 남자의 속성이다.

부탁한다. 길거리에서 애인과 지나가다가 그녀가 "금방 지나간 여자 예쁘지?" 물어본다면, 그 여자가 예쁘더라도 "누구?" 센스를 발휘하길 간절히 바란다.

꿈꿀 시간에
현실을 보라

"당신은 노처녀가 될 확률이 얼마나 될까요?" 이 질문을 던졌을 때 20대 여자들은 한결같이 말한다. "내가 노처녀가 될 확률은 절대 없습니다." 결혼 적령기를 넘긴 여자들은 이렇게 말한다. "찌질한 남자를 만날 바에야 혼자 사는 게 낫다." 정말 그렇게 생각하는가? 절대로 노처녀가 되지 않으리라 자부하는가?

나, 커트라인 있는
여자야

내가 가깝게 알고 지내는 이들 중 한 명은 결혼정보업체에서 팀장으로 재직하고 있다. 몇 개월 전에 그와 만나 술을 마셨는데, 그가 내게 하소연했다.

"자기가 정한 상대만 만나야 된다고 못을 박아놓고 무작정 기다리는 여자들을 보면 지켜보는 내가 답답하다."

"내가 강남 사니까 남자도 강남 사는 남자를 만나야 된다", "내키가 165센티미터니까 남자 키는 180은 넘어야 한다", "내가 이대

나왔으니까 상대는 SKY여야 된다" 등등 조건부터 지목하는 여자들이 많다는 것이다.

조건을 언급하는 것은 이해한다. 문제는 그런 남자가 아니면 안 된다고 못을 박거나, 자기가 정해놓은 기준에 하나라도 모자라면 처음부터 만나지 않으려고 한다는 것이다. 그럴 때마다 그는 이런 말이 목까지 치밀었단다.

"그러는 당신은 그만큼 완벽한가?"

결혼정보업체를 통해 상대를 구하는 여자들이 원하는 남자 스타일은 대부분의 여자들이 선호하는 남자들과 똑같다. 180센티미터의 키, 훈남 이미지, 집안과 학벌도 좋고, 능력도 괜찮은 상대다. 하지만 이것만은 알아두자. 그런 남자가 당신의 조건을 보고 당신과 만나고 싶어할까?

남자들도 자기와 비슷한 수준의 여자를 찾는다. 예전에는 얼굴 예쁘고, 몸매 괜찮고, 나이 괜찮으면 결혼하는 경우가 적지 않았지만 지금은 다르다. 그런 외적인 모습만 보고 결혼하려는 바보 같은 남자는 없다고 봐도 무방하다.

남자가 연봉이 5,000만 원이라면 여자 연봉은 3,000만 원은 넘는 수준을 찾고, 남자가 명문 대학을 나왔다면 여자도 최소한 서울에서 이름 있는 대학은 나와야 된다. 그런데 당신 자신의 주제나 현실도 모르면서 그렇게 기다리고만 있다고 원하는 남자가 오겠는가?

아무리 꿈을 먹고 사는 것이 여자고, 아무리 신데렐라를 꿈꾸는 것이 여자라고 해도, 자신이 처한 현실도 똑바로 보지 못하는데 어떻게 좋은 남자를 만나 결혼할 수 있을까?

낮추어야 한다. 평소에 당신의 눈은 그렇게 높지 않을 것이다. 그런 커트라인을 불변의 진리로 삼고 있지도 않았을 것이다. 하지만 막상 결혼 상대 이야기만 나오면 이래서 마음에 안 든다, 저래서 마음에 안 든다, 이래서 안 되고 저래서 안 된다는 온갖 핑계만 늘어놓지는 않은가? 그럴수록 주변 사람들이 괴롭다.

유유상종하는 친구, 꼭 있다

서른 살이 넘어가면서 하나둘 결혼하고, 미혼 친구들이 사라지면서 외로움 때문에 결혼을 서두르는 이들을 많이 보았다. 친구들을 보면 결혼이 나쁜 것 같지 않고, 행복해 보이니 결혼하는 것도 괜찮다고 생각해 그 대열에 서는 이들이 많다. 반대로 아직 결혼하지 못하는 이유는 당신과 마찬가지로 결혼하지 않겠다고 선언하는 친구들이 당신 주변에 많기 때문이다.

그렇게 서로서로 주말마다 만나고, 놀러가거나, 같이 쇼핑하거나, 여행을 다닌다. 그렇게 같이 늙어간다. 시간 가는 줄 모르고 외로움도 잊은 채. 그렇게 시간이 흘러간다. 그들은 남자친구가 없이

2년을 지내도 남자를 만들 생각이 전혀 없다. 서로가 있어서 외롭지 않은 것이다.

이런 여자들일수록 모이면 갖은 남자 욕은 종합세트로 한다. 주변에서 들은 이야기에서 뉴스나 신문에 나온 기사, 인터넷 가십거리까지 들먹이며 자기들이 결혼하지 않은 것을 다행이라고 생각한다. 우리는 축복받은 거라며 자축하며 살아간다. 그래서 더 결혼하지 않으려고 한다.

그런데 세상에는 그런 남자들만 있을까? 결혼해서 잘살고 행복하게 사는 이들도 있다. 하지만 그런 이야기는 절대로 꺼내지 않는다. "부러우면 지는 거다"라는 이상한 논리를 펼치면서 들어도 모른 척, 알아도 모른 척, 느껴도 모른 척으로 일관한다.

그러나 이것만은 기억하라. 아무리 서로 죽이 잘 맞아도 둘 중에 한 명은 반드시 배신하게 마련이다. 둘 중 하나는 반드시 결혼한다는 말이다. 지금 영원한 골드미스를 위해 건배를 하든, 서약을 하든, 충성 맹세를 하더라도 나중에 눈 뒤집히는 남자 만나면 그 남자와 결혼한다고 난리친다. 그때까지 혼자 남은 사람은 무엇이 되는가?

"영원히 함께 결혼하지 말자고 약속했잖아? 물어내!" 소리칠텐데? 남자든 여자든 나중에 급해지면 우정보다 사랑을 먼저 찾는 법이다.

남자는 절대로
믿을 수 없어요

노처녀로 전락한 여자들이 가장 많이 하는 변명은 무엇일까? 바로 남자는 믿지 못할 존재라는 것이다. 이렇게 말하는 여자들일수록 30대 초반에 남자에게 속았거나, 결혼할 줄 알았던 남자에게 처절하게 뒤통수 맞은 경우가 대부분이다.

상처를 입은 만큼 분노도 클 것이다. 그 때문에 더 이상 사랑하지 못할 것 같은 아픔도 충분히 이해한다. 내가 〈미친 연애〉를 운영하는 것도 그런 이들을 위해서다.

그런데 아픈 경험을 한 여자들일수록 중요한 사실을 잊고 있다. 자신뿐만 아니라 다른 여자들도 자신과 비슷하게 농락당한 적이 있다. 자신만 그런 상처를 가진 것이 아니다. 그런데 자신은 아직도 과거에 머물러 있고, 똑같은 상처를 받았던 다른 여자들은 그 과거를 과감하게 벗어 던졌다. 왜 그런 걸까? 세상의 모든 남자가 늑대일 수는 없고, 그들 모두 바람둥이일 리 없으며, 나쁜 남자만 있는 것이 아님을 깨달았기 때문이다.

스스로 문을 닫아버리면 좋은 남자, 괜찮은 남자는 결코 만나지 못한다. 이 남자도 만나보고 저 남자도 만나보아야 어떤 남자가 좋은 남자인지, 어떤 남자가 괜찮은지 알 것 아닌가. 그렇게 현실과 타협하면서 결혼에 이르는 것이다.

죽고 못 살아서, 그 사람이 없으면 안 될 것 같아 결혼했을까?

물론 그렇게 결혼하는 이들도 있겠지만, 대부분은 현실적인 부분을 타협하면서 포기할 것은 포기하면서 결혼한다.

"그때처럼 그렇게 사랑할 수 없을 것 같아요."

누구나 아픈 기억은 있다. 사랑이 열병처럼 퍼져 마음 한구석에 남기고 싶은 사랑은 누구나 갖고 있다. 하지만 그것을 뛰어넘어야 사랑할 수 있고 결혼할 수 있는 법이다. 아무리 매달려도 그 사랑은 이미 끝났다. 더 이상 돌아오지도 않는다. 그런데 왜 당신만 그 사람을 그리워하고 그 사랑에서 빠져나오지 못하는가?

누구나 늙고 병도 들 것이다. 그때 내 손을 꼭 잡아주고, 당신을 간호해줄 사람은 누굴까? 그때도 부모님이 그럴 것 같은가? 부모님은 일찍 돌아가신다. 친구들이 해줄 것 같은가? 언니나 오빠, 동생이 해줄 것 같은가? 부모가 돌아가시면 그들은 친구보다 못할 수도 있다. 그리고 지금, 부모님은 딸 하나 있는 것 어떻게든 빨리 시집가서 아이 낳고 행복하게 살기를 바라고 계신다. 왜 혼자 편하자고, 혼자만 잘살겠다고 애타는 부모님께 불효를 하는가? 부모님이 두 눈 감는 그 순간까지 왜 당신을 걱정해야 하는지 생각해보기 바란다.

진짜 여우는
이렇게 연애한다

요즘에 여자들의 연애 트렌드에서 빠질 수 없는 단어가 있다. 바로 '여우같이 사랑하라'다. 각종 연애 서적이나 연애 리뷰 등에서 여우같은 여자에 대해 많이 이야기한다. 하지만 실전에 응용하기가 어렵다고 말한다.

당신만의 이미지를
각인시켜라

지금까지 수백 명을 만난 전직 바람둥이 입장에서 여자들을 만날 때마다 아쉽다고 생각한 적이 많았다. 외모도 성격도 괜찮은데 그녀만의 자기 색깔이 없었기 때문이다.

남자들은 예쁜 여자를 좋아한다. 구체적으로 자기 눈에 예쁜 여자를 좋아한다. 예쁜 여자를 선택했다면, 그 다음에는 그가 원하는 여자 이미지이기를 바란다.

청순하거나, 섹시하거나, 귀엽거나, 웃는 모습이 매력적이기를 바란다. 당신은 이 중 한 가지라도 확실하게 가지고 있는가? 이것도 아니고 저것도 아닌 여자들이 의외로 많다. 한 마디로 평범하다. 흔하고 흔한 여자로 인식된다는 것이다. 한 가지 분명한 색깔을 갖고 있으면 남자는 그 한 가지에 빠져든다. 백치미를 인식을 강하게 심어주면 남자는 그 이미지에 빠져든다. 그 모습이 자꾸 떠올라 그녀에게 전화하게 되고, 만나자라고 하고, 용기 내어 그녀에게 대시한다. 섹시한 여자, 청순가련형 여자도 마찬가지다.

"내 있는 그대로의 모습을 사랑해주는 상대를 만나고 싶어요."

여자들은 말한다. 하지만 이렇게 말하는 여자들일수록 연애를 할 줄 모르고, 남자를 모른다. 자신의 순수한 모습을 좋아해주고 사랑해주는 남자를 만나고 싶다면 왜 그를 만날 때 화장하고, 미용실에 가고, 어떤 옷을 입을까 고민하는가? 그를 만난다는 설렘 때문에 좀 더 잘 보이려고 하고, 그래서 꾸미는 것 아닌가.

그때 그에게 당신만의 이미지를 강조할 수 있는 포인트를 살린다면, 그 이미지에 맞게 행동한다면 당신은 그에게 각인될 것이다. 어떻게 연기하느냐, 어떻게 옷 입고 화장하느냐에 따라 남자 수십 명을 만난 여자가 될 수 있고 순수한 여자가 될 수도 있다.

모르는 척, 부끄러운 척, 놀라운 척

여자들이 가장 싫어하는 남자의 세 가지 '척'이 무엇인 줄 아는가? 잘난 척, 있는 척, 아는 척하는 것을 가장 싫어한다. 반대로 여자들에게 꼭 필요한 세 가지 척은 무엇인지 아는가? 모르는 척, 부끄러운 척, 놀라운 척이다.

상대가 당신에게 묻는다.

"야구 볼 줄 아세요?"

"아뇨. 전혀 몰라요."

모르는 척하라고 했지만, 이것은 모르는 척하는 게 아니다. 그는 당신에게 야구를 볼 줄 아느냐고 물었다. 당신에게 호감을 갖고 있다는 뜻이고, 같이 있고 싶다는 속마음을 내비쳤다. 이때는 몰라도 안다고 대답해야 하는 타이밍이다. 안다고 대답하면 그는 분명히 다음 질문을 할 것이다.

"투혼이라는 야구 영화 보았어요?"

그 영화를 보았다고 해도 그 앞에서는 안 보았다고 말하는 것이 예의다. 안 보았다고 말해야 그가 그 영화를 보자고 권할 여유가 생길 것 아닌가.

그런데 "친구랑 보았는데 진짜 재미있었어요"라고 하거나 "아는 사람과 보았는데 재미없던데요" 말하면 그는 당신이 '나랑 같이 있고 싶어하지 않는구나' 생각한다. 당신이 마음에 들어 하고 호감 가는 남자일수록 특히 조심해야 한다.

부끄러운 척은 어떻게 해야 될까? 여자와 같이 야구장에 간 적이 있었다. 5회가 끝나자 구장에서 쉬는 시간을 활용해 관객들을

상대로 키스 타임 이벤트를 했다. 때마침, 정말 운 좋게도 카메라
는 나와 그녀를 잡아주었다. 그때 그녀는 "오빠, 사람들 많은 데서
어떻게 해요?" 내 입을 손으로 막고 부끄러워했다. 그 일이 6년 전
인데 아직도 엊그제 일처럼 기억에 생생하다.

다른 여자 같았으면 내가 고개만 돌려도 자연스럽게 키스를 했
을 것이다. 술집이나 길거리에서 키스하거나 포옹하는 남녀를 자
주 본다. 서로 좋아하니까 사랑하니까 거칠 것 없을 것이다. 남들
에게 자랑도 하고 싶을 것이다. 하지만 이것도 자주 하다 보면 식
상해진다. 아름답다고 박수 치는 사람도 없지 않겠지만, 긴장감도
없이 누가 보든 아무렇지 않게 그러는 것은 개념 없는 사람으로 생
각하게 한다. 아무리 간절하더라도 장소에 따라 순진한 척, 부끄러
운 척하는 것이 오히려 그를 간절하게 한다. 그의 뇌리에 깊이 남
는다.

마지막으로 놀라운 척은 어떻게 해야 할까?

그가 선물을 사주거나, 편지를 보내거나, 멋진 곳으로 데려갈 때
얼굴 가득 환한 표정을 지으며 기뻐해본 적 있는가? 사소한 이벤
트에도 당신이 놀라워하고 기뻐하면 그는 세상 모든 것을 줄 태세
다. 다른 남자에게 꽃바구니도 받아보았다고, 더 멋진 레스토랑도
갔다 왔다고 해서는 안 된다. 당신의 무덤덤한 표정을 보는 순간
그는 수치스럽고 '왜 나를 좋아하지도 않는 여자와 시간을 허비해
야 하나' 싶어진다.

그가 왜 그렇게 해주었는지 생각해보라. 그가 당신에게 어떤 반응을 기대하는지 생각해보라. 그는 당신이 흐뭇해하고 기뻐하는 표정을 기대했을 것이다. 그런데 당신의 무덤덤한 말을 듣고 시무룩한 표정을 보는 순간 그는 당신에게 정성을 기울일 마음이 다시는 생기지 않을 것이다.

여자들에게 연애 팁을 한 가지 알려드린다. 그에게 무언가를 받고 싶거나 요구할 때는 당신이 먼저 그것을 해주는 것이 좋다. 그런 다음 이것을 받고 싶다, 저것을 갖고 싶다고 요구하는 것이 옳다. 아무것도 해주지 않으면서 그에게 요구한다면 '내가 지금 만나는 여자, 된장녀 아닌가?' 생각밖에 들지 않는다.

사랑하는 사이에도 거리는 있다

사랑하는 남자를 당신 손 안에 두고 싶은가? 그가 무엇을 하는지, 그가 어떤 생각을 하는지, 누구를 만나는지 알고 싶은가? 사랑하니까 그런 마음이 드는 건 충분히 이해한다. 하지만 그럴수록 집착으로 커질 우려가 있고, 그는 그런 당신에게서 하루라도 빨리 벗어나려고 할 것이다. 손에 쥐려고 하지 마라. 코끼리를 냉장고에 넣을 수 없듯이 사람 마음속에 사람을 넣을 수도 없다.

괜찮은 남자가 당신에게 호감을 보인다. 이후 연락도 자주하게 되고, 만나고, 좋아한다는 말이 오가고, 사랑한다는 말이 자연스러워진다. 당신도 그가 좋고 괜찮아, 그가 만나자고 하는 날 특별한 일이 아니면 모든 것을 제쳐두고 만난다. 이럴수록 당신은 쉽고 헤픈 여자로 인식하게 한다.

거절할 때도 그가 간절함과 미련을 갖도록 한다.

"시간이 없어서 안 돼요!"가 아니라 "나도 그러고 싶지만 지금 하는 일이 밀려 도저히 시간을 내기가 힘드네요." 이렇게 말해보라. 단호하게 거절하면 남자는 당신이 자신을 좋아하지 않는다고 단정해 당신에 대한 마음을 접어버린다. 하지만 애절하게 말한다면 그는 당신에 대한 미련이 더 커질 수밖에 없다.

신제품 구입 대기 명단에 올랐다고 쳐보자. 언제 내 차례가 되나 안절부절못하다가 업체에서 전화가 오면 가슴이 뛴다.

"오래 기다리셨죠? 내일 찾아 가세요."

이 전화를 받는 순간 얼마나 기쁘겠는가. 그 제품을 갖고 싶었고, 그 제품을 원했던 마음이 간절한 만큼 그 제품을 받는 순간의 기쁨은 더 커진다. 남자든 여자든 이 마음은 다를 게 없다. 아무리 사랑하는 사이라도 거리를 유지해야 서로에 대한 긴장감과 기대감도 커지는 법이다. 그런 마음으로 만나야 서로에 대한 애정도 깊어진다.

Part 4

3 년 안 에
결 혼 하 고
싶 은
당 신 에 게

왜 나이 먹을수록
결혼이 두려울까

결혼에 대한 두려움은 누구나 갖고 있다. 좋은 상대를 만나야 된다는 두려움, 나이를 먹어갈수록 결혼하지 못하는 것 아닌가 하는 두려움……. 결혼은 정말 해야 되나? 하지 말아야 되나? 이런 고민은 시간이 갈수록 더 깊어진다.

좋은 사람 만나야
결혼하지

누구나 남들처럼 행복한 결혼을 꿈꾼다. 친구나 친척, 가족들 중에서 결혼해 행복하게 사는 모습을 보면 '나도 저런 사람을 만나 결혼하고 싶다'고 생각할 것이다. 특히, 나보다 예쁘지도 않고, 나보다 능력이나 스펙도 떨어지는 사람이 아주 괜찮은 상대를 만나 결혼해서 행복하게 산다면 배가 아플 테고, 그보다 더 괜찮은 상대를 만나야 된다는 투철한 사명감에 몸부림치기도 할 것이다.

좋은 상대는 누구일까? 돈이 많아야 할까? 사랑을 듬뿍 주는 상대를 원하는가? 아니면 둘 다 다 가져야 하는가? 대부분 돈도 어느 정도 있고 사랑도 듬뿍 주는 상대를 선택하지 않겠느냐 반문할 것이다. 하지만 그런 그의 시야에 당신이 들어오기는 힘들다.

대놓고 말하자. 그런 상대가 당신을 좋아하겠는가? 더구나 외모는 평균 이상이 되고, 당신보다 능력도 좋고, 당신만 끔찍하게 생각하고, 당신만 바라보는 상대를 찾기가 생각처럼 쉽겠는가?

당신이 소망하는 그런 상대는 허상이나. 친구나 언니, 가속늘 중에서 좋은 상대와 결혼했다고 생각하겠지만 실상 그것은 당신의 눈에 왜곡된 모습일 뿐이다.

실제로 당신이 부러워하는 사람은 얼마나 많은 스트레스를 받고 있는지 아는가? 같이 살아보지 않는 이상 모르는 일이다. 같이 살을 부대끼지 않는 이상 아무도 모른다.

결혼한 사람들, 특히 나이 많은 주부들은 이렇게 말한다.

"이것저것 따지지 않고 결혼한 여자가 있겠느냐?"

그들이 좋은 상대를 생각하지 않고 결혼했겠는가? 하지만 살다 보니 여러 가지 문제에 부딪혔고, 살다보니 여러 가지 고비와 어려움도 있었다. 그것을 부부라는 이름으로, 가족이라는 이름으로 극복하면서 산 것이다.

"영화나 드라마에 나오는 행복한 결혼생활을 꿈꾼다는 건 사치다."

이것은 결혼한 지 30년 지난 이들의 현실적인 대답이다.

더 늦기 전에
결혼해야 하는데

　"올해도 이렇게 끝나버리는 것 같아요."

　나이가 들어갈수록 결혼 문제는 상당한 압박감으로 다가올 것이다.

　"서른다섯 살이 되니 이제 끝인가 싶더군요."

　서른다섯 살, 이 나이가 된 여자들 중에는 재혼하는 상대를 만나야 하느냐며 묻기도 한다. 솔직히 그것은 현실이다. 특별한 경우를 제외하고는 결혼정보업체들도 그 나이 여자들을 재혼 분류로 옮긴다. 그렇다고 주저앉지는 말기 바란다. 그것은 분류일 뿐이다.

　대부분 전문직종이거나 연봉 4,000만 원 이상 받는 대기업에 다니는 여자라도 서른다섯 살을 넘어가면 만날 수 있는 남자가 현격하게 줄어든다. 그보다 더 많이 벌고, 더 괜찮은 스펙을 가진 서른다섯 살 이상의 남자들은 서른다섯 살 미만의 여자들과 결혼하려고 한다. 나이 찬 여자를 찾는 남자들도 있다. 이들은 능력도 좋고, 학벌도 좋고 다 괜찮은데 한창 때 한 결혼생활에 문제가 생긴 경우로, 상대의 나이보다는 성격을 먼저 묻는다. 이것은 결혼정보업체에서 분석한 자료를 토대로 한 것이다. 이대로 따진다면 서른다섯 살의 여자는 초혼 상대를 구하기 힘들다는 결론이 나온다.

　그런데 대한민국 모든 남녀가 결혼정보업체에 가입하는 것은 아니지 않는가. 일상생활에서 상대를 만날 확률이 더 높지 않은가.

그렇다면 방법은 하나밖에 없다. 나이가 많으면 많을수록 부지런
히 움직여라. 어느 구름 뒤에 해가 숨어 있을지도 모른다.

　나이에서 오는 두려움은 절대로 갖지 마라. 단지 내 인연이 조금
늦게 온다고 생각하기 바란다. 언젠가는 올 인연에 대비해 꾸준하
게 자신을 가꾸어라.

결혼은 해도 문제
안 해도 문제

　　　주변 사람들의 이야기를 들어보면 항상 반반이다. 결혼은
꼭 해야 된다고 말하는 사람, 굳이 결혼하지 않고도 잘살 수 있다
는 사람……. 이 말을 들으면 이 말이 맞고, 저 말을 들으면 저 말
이 맞다. 그래서 더 갈팡질팡하게 된다.

　결혼해야 된다고 주장하는 이들은 이렇게 말할 것이다.

　"나이 들어 혼자 사는 것처럼 추한 것도 없다."

　결혼은 안 해도 된다는 이들은 자신의 삶을 탓하듯 말한다.

　"볼품없는 상대 만나 결혼할 바에야 혼자 사는 게 속 편하다."

　둘 다 틀린 말 아니다. 둘 다 정답이 아니지만 서로가 자기 말이
옳다고 공방만 한다.

　어떻게 하는 것이 현명한 선택일까? 지금까지 이런 고민을 자주
받아보고 이런 사례를 많이 지켜보았는데, 결론은 하나로 귀결된다.

"하고 싶으면 하고, 하고 싶지 않으면 안 하면 된다."

나는 결혼하지 않는 40대 중반의 여자와 스스럼없이 지내고 있다. 그녀에게 아직 결혼하지 않는 이유를 물으면 그녀는 푸념하듯 말한다.

"한창 때는 혼자 사는 게 맞다고 생각했지. 하지만 엄마 아빠가 돌아가시고 40대 중반이 넘어서니까 결혼이 늦은 문제들이 하나 둘씩 나타나더라. 그 중에서 가장 큰 게 뭔지 알아? 바로 주변 사람들의 시선이야. 같은 아파트에 사는 아줌마들끼리 수군대며 나를 뭐라는지 아니? 남편과 일찍 사별한 거 아니야, 이혼했다더라 이러는 거야. 여자가 얼마나 독하면 혼자 살겠느냐고까지 해. 밤마다 외로워서 어떻게 산데라는 말은 한 귀로 듣고 말지……."

그러면서 그녀는 거품을 문다.

"그런데 그 아줌마들 나랑 있을 때는 그런 말 절대로 안 해. 아니 돈만 있으면 나처럼 혼자 살고 싶다고 해. 혼자 사는 게 얼마나 낭만적이고 좋아, 남편과 애들 밥 안 해도 되고 말이야 해. 정말 부럽다고 한참 부러워하던 아줌마들이 어떻게 그렇게 돌변할 수 있는 거니?"

우리 사회는 남자와 여자는 반드시 결혼해야 된다고 몰고 간다. 결혼하지 않아도 잘 먹고 잘사는 이들이 얼마나 많은데 왜 이런 식으로 몰고 가는 걸까? 아직까지 우리 사회는 남자는 남자, 여자는 여자로 보기 때문이다. 여자 혼자 이 험한 세상을 살아갈 수 없다고 생각하기 때문이다. 결혼하지 않으려고 마음먹든 결혼하고 싶어하든 이런 말을 들어보았을 것이다.

하지만 혼자 살면 혼자 사는 대로 즐기면 된다. 결혼해서 살면 결혼생활을 즐기면 된다. 둘 중 어느 게 옳다고 말하고 싶지 않다. 나 역시 이 문제가 현실이 된 남자니 말이다. 다만 이들에게 한 마디 해주고 싶다.

"쓸데없이 고민하지 마라."

물 흘러가는 대로 살면 된다. 결혼하지 않겠다고 마음먹었다가 괜찮은 상대, 좋은 상대를 만나 결혼하는 이들도 많고, 결혼하겠다고 마음먹었다가 독신의 길을 가는 이들도 적지 않다. 처음부터 결혼에 대한 두려움을 갖지 말기를 바란다.

결혼은 운명이다. 결혼 기준을 갖고 상대를 만난다고 해서 그와 결혼할 수 있는 것은 절대로 아니다. 결혼이라는 두려움에 빠져 허우적거리지 마라. 현실을 있는 그대로 받아들여라. 그래야 속이 편하고, 오히려 새로운 세상이 보이는 법이니까.

남자를 멀어지게 하는
그녀의 연애

1990년대, 2000년대, 2010년대……. 시간이 지나갈수록 각기 다른 잣대로 그 시대를 반영하는 정서와 사상이 있다. 특히, IMF는 우리나라의 경제뿐만 아니라 모든 분야에 엄청난 충격을 주었고, IMF 후 남녀들의 생각도 확연하게 달라졌다. 그런데 아직도 구시대를 벗어나지 못하는 이들이 적지 않다. 그리고 개념 없는 그들 때문에 다른 사람들까지 비난받고 있다.

결혼은 인생을
역전하는 로또

나는 여자들에게 "돈 많은 남자와 결혼하라", "능력 좋은 남자를 선택하라"는 말을 여러 번 했다. 그런데 왜 지금 "결혼을 인생의 로또라고 생각하지 마라"고 말하는가?

"어느 정도껏 생각하라."

당신의 연봉이 3,000만 원인데, 연봉이 5,000만 원인 남자를 찾는 것을 뭐라고 하겠는가. 당신의 연봉이 5,000만 원인데, 한 해

7,000만 원을 받는 남자를 찾는 것을 뭐라고 하겠는가. 하지만 개념 없는 여자들은 어떤가? 신데렐라 병에 걸린 것 같다.

〈시크릿가든〉에서 김주원, 길라임을 보는 듯하고, 〈최고의 사랑〉에서 독고진, 구애정을 보는 듯하다. 무릇 꿈은 커야 하고 먹고 사는 것이 중요하다지만, 그와 결혼하고 싶다면 당신도 그만한 자격을 갖추어야 하는 것 아닌가.

몇 달 전에 정말 개념 없는 여자와 이야기를 나눈 적이 있었다. 그녀가 대화 중에 이렇게 말했다.

"예뻐지기 위해서 내 몸에 3,000만 원이나 투자했어요. 그래서 찌질한 남잔 만나기 싫어요."

성형수술한 것이 자랑인가? 외모만 되면 돈 많은 남자들이 결혼하자고 덤벼들 것 같은가? 덤벼들겠지. 내 아이를 낳아달라고 하겠지. 하지만 당신과 결혼할 돈 많은 남자는 거의 없다는 사실을 알아라. 돈 많은 남자들도 보는 눈이 예전과 많이 달라졌다. 예전에는 얼굴이나 외적인 모습을 보고 상사병에 걸린 남자들도 있었지만 요즘에는 똑똑하고, 공부 잘하고, 스펙 좋은 여자를 만나 그녀를 성형수술하게 해준다. 대한민국에서 수술하지 않는 신체 부위는 거의 없다.

돈 많은 남자들은 말한다.

"머리가 나쁜 여자는 아무리 공부시켜도 절대로 싼 티를 벗어날 수 없다."

그렇기 때문에 똑똑한 여자를 만나 자기 돈으로 상대 여자를 성형수술시키면 된다고 생각한다.

나는 혼수만 준비하면 돼

아무리 시대가 바뀌어도 대한민국에서 한 가지 깨지지 않는 법칙이 있다. 결혼할 때 남자가 집을 마련하고 여자가 혼수를 한다는 것이다.

가난을 벗어나지 못했던 1960년대, 1970년대에는 여자가 결혼한다는 것은 시집, 즉 남자 집에 들어가 사는 것이었다. 〈전원일기〉라는 농촌 드라마를 기억하는가? 한 집안에 아들들이 부모님을 모시고 같이 사는 것을 기억하는가? 집에 방 하나씩 얻어 신혼살림을 차리고 그렇게 농사를 도우면서 살았다.

하지만 요즘에는 이대로 되지 않는다. 1970년대 후반부터 본격적으로 산업화가 이루어지면서 눈부신 성장을 이루었고, 지금 농사보다 서비스업이나 공업에 종사하거나 자영업을 하는 사람들이 훨씬 많다. 그런데도 여전히 '남자가 집, 여자가 혼수'라는 규칙은 깨지지 않는다.

요즘같이 강남 아파트 전세 값이 강북 아파트 매매가를 추월하는 시대에 남자들은 더 힘들 수밖에 없다. 부모 도움을 받지 않으면 결혼도 못 하는 현실이다. 하지만 부모가 모아놓은 재산이 없거나 겨우 살 집만 가지고 있다면 집을 사서 결혼하거나 전세를 구해 결혼하는 것이 상당히 힘들어졌다.

나는 사업 때문에 일본을 많이 오갔고, 그러면서 일본 젊은이들의 연애관과 결혼관도 들여다볼 수 있었다. 그런데 일본 여자들과 한국 여자들의 결혼관이 확연하게 달랐다. 남에게 피해를 주지 않으려는 일본 특유의 마인드가 결혼할 때도 그대로였다. 일본은 열 평 조금 넘는 집에서 신혼살림을 차리는 이들이 많다. 그 집도 서로 얼마씩 공평하게 내어 사는 경우가 허다했고 지금도 그렇다.

그런데 대한민국의 여자들은 어떤가?

"서울에 살지 않으면 안 된다."

"내 친구는 강남의 좋은 아파트에 들어가서 사는데, 나도 강남에 살고 싶다."

"빌라는 보안 문제가 취약해 안 된다. 관리도 편한 아파트에서 살고 싶다."

개중에서 나를 경악하게 한 발언.

"수도권은 교육환경이 좋지 않기 때문에 무조건 서울에 살아야 한다."

그녀의 아기는 태어난 즉시 초등학교에 입학하는가? 그녀의 아이는 태어나는 순간에 곧바로 여덟 살이 되는가? 처음에는 수도권에 집을 구해 살다가 돈을 모아 몇 년 뒤에 서울로 이사 오자는 그의 말은 거짓말 같은가? 그는 서울보다 수도권이 교육환경이 좋지 않은 것을 몰라 외곽에 가자고 했겠는가? 그도 서울에 살고 싶을 테고, 대치동 아파트를 구하고 싶을 것이다. 하지만 형편이 안 되는 것을 어쩌겠는가. 당장 구할 수 있고, 괜찮은 주거 공간이 우선 아닌가. 그것도 당신이 30평대 아파트를 구해달라고 해 구한 것 아니겠는가.

안드로메다로 간 개념으로 그를 힘들게 하지 마라.

순진한 남자를 이용해먹지 마라

내 친구는 고시 학원에서 강사로 일하고 있다. 친구와 만나 술을 마셨는데, 그가 이런 말을 했다.

"고시 하고는 전혀 상관없어 보이는 여자들이 고시 학원에 등록하더라."

고시 공부를 하는 이들의 모습을 떠올려보라. 고시촌에 들어가 시도 때도 없이 법전과 씨름하고, 고시에 합격하기 위해 외모나 데이트를 뒤로 한 채 공부에 매달리지 않는가. 나도 그렇게밖에 생각나지 않는다. 그런데 예쁘게 화장하고, 원피스 입고, 하이힐 신고 고시 학원에 오는 여자는 뭔가?

"그렇게 차려입고 꾸미고 오는 것은 제 취향이니까 그런다 싶어. 그런데 공부를 전혀 하지 않는단 말이야. 거기다 세상물정 모른 채 고시 공부하는 남자들에게 꼬리친단 말이야. 그 여자가 상대하는 남자들이 누군가 싶었더니 고시를 패스하리라 학원도 인정하는 부류란 말이야. 한마디로 검사 와이프 한번 해보려고 쇼를 하는 거지."

그렇게 어울리다가 1차 시험이 끝난 후 그가 합격자 명단에 없으면 미련 없이 그에게서 멀어진다. 타깃은 1차 시험에 합격한 남자들이다. 학원에 6개월 이상 다니면서 남자 하나 잘 물어 결혼하려는 여자들이 1년에 한두 명은 꼭 있다고 말한다.

"그런 여자 때문에 다른 여자들도 욕먹는 거야. 남자 등쳐먹는 것이 여자라고 생각한단 말이야."

이것을 특별한 케이스라고 해도 좋다. 그런데 일상을 들여다보면 이런 여자 참 많다. 남들보다 괜찮은 외모를 가졌다고, 남들보다 조금 더 예쁘다는 이유 하나만으로 마음에 들지도 않는 착한 남자가 밥 사준다고 하면 얼른 가서 밥 얻어먹는 것도 모자라 자기가 선심 쓰는 양 친구 몇 명까지 불러들인다. 그때 개념 있는 친구가 "저 애랑 사귀냐?" 물어보면 거침없이 대답한다. "아니. 그냥 밥 사주고 나한테 잘해주니까 만나는 거야."

나는 특별한 경험을 한 경우다. 여자들에게 호구였던 생활도 해보았고, 사랑이라는 미끼로 바람둥이 생활도 오랫동안 했다. 한때는 연애 노하우를 배운 것을 후회도 했지만, 이런 현실을 보고 이런 이야기를 들을 때마다 배우기를 잘했구나 생각한다. 배우지 않았더라면, 그렇게 치열하게 노력하지 않았다면 나는 아직도 여자들에게 밥 사주고, 선물 퍼주고, 핸드백 사주는, 말 그대로 호구였을 것이다.

"제발 남자를 돈으로 생각하지 마라."

일부 몰지각한 여자들이 돈 많은 남자가 최고다, 남자는 돈이 있어야 한다고 생각하고 그에게 빌붙어 살려는 거지 근성 때문에 대한민국의 순수하고 아름다운 생각을 가진 모든 여자들까지 비난받는다. 혹시 그 부류인가?

편견이 당신을
결혼 못 하게 한다

'제발 좋은 상대 좀 만나 결혼 좀 하자'는 여자들이 늘고 있다. 밤마다 물 한 잔 떠놓고 세상에 존재하는 모든 신에게 두 손 모아 비는 여자도 있다. 그렇게 절실한데도 왜 결혼하지 못하는 걸까? 왜 그 나이가 되어서도 혼자인 걸까?

스펙에 열중해
시기를 놓쳤다

여자들도 이제 당당하게 사회생활을 하기 위해, 안정된 직장을 구하기 위해 노력하고 있다. 그리고 아무리 얼굴이 예쁘더라도 능력이 받쳐주지 않으면 결혼하지 못하는 시대라는 것도 잘 알고 있다. 그래서 일이나 스펙 쌓기에만 열중하는 여자들이 너무나 많다. 그렇게 20대 후반이나 30대 초반을 소비해버린다. 시간이 흘러 30대 중반이 되자 생각한다. '이제 결혼해야지.' 그런데 결혼이 이렇게 생각하고 덤벼든다고 되는가? 결혼해야지 마음만 먹으면 도깨비 방망이처럼 남자가 앞에 나타날 것 같은가?

직장 동료나 상사 남자들이 있었을 것이다. 그런데 그녀가 그들에게 한 번도 대시를 받지 못했다는 것은 무엇을 의미할까? 못생겼거나 호감이 가지 않았다. "우리 회사는 사내연애가 금지예요." 변명하고 싶은가? 아무리 사내연애를 금지한다고 해도 남자의 불타는 마음은 막을 길이 없다. 어떻게든 그녀에게 다가가려고 했을 테고, 어떻게든 당신에게 연락했을 것이다.

그런데 그런 경우가 없다는 것은 남자들에게 괜찮게 보이는 여자가 아니라는 말이다. 능력만 되고 스펙만 쌓으면 남자가 얼마든지 다가오리라 착각한다. 하지만 그만한 스펙과 능력을 갖춘 이들은 넘치고 넘친다.

필자가 아는 한 여자 후배가 이런 고민을 터놓았다.

"지금 다니는 직장 연봉이 3,000만 원 정도 되는데, 사귀자는 남자가 없네요. 2년 정도 자격증을 따 그 뒤에 연봉 4,000만 원 받고 회사에 다니면 그때는 남자들이 생기겠죠?"

남자가 생기지 않아 고민이란다. 자격증을 따기 위해 사직하고 학원에서 2년 정도 공부해 연봉도 높아지면 남자가 생기지 않겠느냐는 것이었다. 내가 그 후배라면 절대로 그런 짓 안 한다. 연봉 3,000이나 4,000이나 남자들은 똑같이 받아들이기 때문이다.

30대 초반에 2년 동안 다시 공부하고 그 후 연봉 4,000만 원을 받으면 남자들이 몰려올 것 같은가? 그 2년 동안 남자를 만나도 수십 명을 만나겠고, 그중에서 운명 같은 남자가 없겠는가? 그중에서 괜찮은 남자 만나 결혼하지 못하겠는가? 어느 정도만 생기고, 어느 정도만 괜찮으면 누구나 충분히 결혼할 수 있다.

당신과 비슷한 능력을 가진 남자 입장에서는 연봉 천만 원이 큰 몫을 하겠지만, 대기업에 다니면서 연봉 5,000만 원 이상 받는 남자라면 당신의 연봉이 1,000만 원 오르는 것은 중요한 일이 아니다.

상처가 많아 남자를 믿지 못한다

결혼할 줄 알았는데, 그와 행복하게 살 줄 알았는데, 결혼을 전제로 만났는데 어떤 문제로든 헤어졌다. 그것도 일방적으로 이별을 통보받았다. 그 충격으로 앞으로는 남자를 사귀지 않겠다, 결혼하지 않겠다고 다짐한다.

그런데 그 다짐이 얼마나 오래 갈까? '둘이서 같이 평생 이렇게 살자'고 약속했던 친한 친구가 결혼한다고 했을 때 "너는 나랑 평생 결혼 안 하기로 했으니까 안 돼"라고 말할 것인가? 안심했던 친구까지 보내고 나면 결국에는 혼자 남는다. 그때부터 외로움이라는 무서운 공포가 몰려든다.

괜찮은 남자를 만나고 싶고 좋은 남자를 만나 결혼하고 싶지만 현실은 나이의 벽을 넘지 못한다. 20대 후반의 그 얼굴이 아니다. 20대 후반의 그 몸매도 아니다. 그 말은 곧 다가오는 남자가 없어진다는 의미다.

서른 살인 당신은 사랑하는 남자를 만나 1년간 사랑했지만 그가 바람피운다는 것을 알고는 그와 헤어졌다. 그 충격으로 죽고 싶고, 모든 남자를 믿지 못하겠고, 혼자 살아야겠다고 다짐하면서 3년을 보냈다. 서른세 살이다. 그런데 여자 나이 서른세 살, 서른네 살, 서른다섯 살이 가장 애매한 시기다. 이 시기에는 아직까지 남자를 보는 눈은 남아 있고, 남자의 외적인 모습을 따지고, 여자로서의 자존심도 남아 있다. 그런데 현실은 그렇지 못하다.

남자들은 대부분 어린 여자와 사귀고 결혼하기를 원한다. 서른세 살, 서른네 살 된 괜찮은 남자들은 20대 후반이나 30대 초반의 여자를 선호한다. 그렇다면 당신이 기댈 남자는 30대 중후반의 남자다. 그 나이가 넘도록 결혼하지 않는 남자는 두 부류밖에 없다. 여자들에게 인기 없는 남자거나 바람둥이밖에 없다.

사랑 타령 하면서 지나간 그를 잊지 못하고, 모든 남자를 믿지 못하는 짓은 하지 마라. 어차피 떠나간 사람이고, 당신을 버리고 간 그다.

"당신은 진짜 사랑을 안 해봐서 그래!"

이렇게 반문할 것이다. 하지만 사랑 타령 하기 전에 현실을 직시하기 바란다. 당신 말고도 진짜 사랑을 가슴에 묻어두고 다른 남자를 만나는 여자들이 수없이 많다. 그들은 눈물을 흘려보지 않아서, 아파보지 않아서 그러겠는가? 추억을 가슴에 두고 살아봐야 아무

쓸모없다는 것을 알기 때문에 그들은 그렇게 빨리 잊고 아무 일 아니라는 듯 행동하는 것이다.

나이 들면
당연히 결혼하겠지

20대 때는 가만히 있어도 남자들이 와서 연락처를 물어보고, 밥 먹자고 하고, 데이트하자고 했다고 30대가 되어서도 남자들이 똑같이 하리라 착각하지 마라.

당신의 외모가 바뀔 수도 있고, 남자를 만나지 못하는 공간에서 일할 수도 있다. 시간이 갈수록 길거리에서 연락처를 물어보거나 커피 한잔하자고 말하는 남자는 현저히 줄어들 것이다. 그럴수록 당신에게 몰려드는 것은 어느새 이만큼 되었나 싶은 나이뿐이다.

움직여라. 절대 '나는 원래 남자가 없어'라고 스스로를 비하하지 마라. 정말 남자가 없다면 친구, 언니들과 만나 이들과 좋은 관계를 유지하라. 이들이 당신에게 좋은 남자를 물어다줄 제비 역할을 할 수 있기 때문이다. 인맥으로 안 되면 다른 사람의 인맥을 빌려서라도 많은 남자를 만나라. 남자를 만나는 것을 두려워하지 마라.

결혼정보업체에 가입하는 것이 싫은가? 운명 같은 만남을 기대하는 당신에게 그런 만남은 밋밋한가? 그래서 채팅 사이트를 찾는 것은 바보짓이다. 선입관부터 버려라. 결혼정보업체에서 결혼을 이어주는 커플이 한 해 얼마나 되는 줄 아는가? 반대로 채팅 사이트를 통해 결혼하는 커플이 한 해 얼마나 되는지 따져보라.

당신이 정해놓은 운명 같은 만남을 따지기에는 당신 앞에 놓여 있는 숫자가 2가 아니라 3이라는 점을 명심하라.

미안한 말이지만, 여자나 남자나 나이가 들면 똥값 취급 받는다. 여자는 더 그렇다. '나이가 들면 자연스럽게 결혼하게 된다'는 것은 20대 때 호기를 갖고 말할 수 있고 순진한 때니 그럴 수 있다고 넘길 수 있다. 하지만 30대가 되어서도 호기를 부리는 것은 자신을 모른다는 말이다. 순진하다는 말을 듣는 것은 무시의 다른 말이다.

결혼 적령기에 반드시 결혼하라고 말하는 것은 아니다. 늦어질 수도 있고, 더 빨리 결혼할 수도 있다. 하지만 결혼은 시기가 존재한다. 대부분이 그 적령기에 결혼한다. 남들 다 결혼할 때 결혼해야 남들과 비슷한 인생을 살아가는 것이다. 자녀가 초등학교에 입학하는데 당신이 40대 중반이면 다들 아이가 큰이모와 같이 온 줄 안다.

더 이상 순진하다는
말에 속지 마라

요즘 봇물 터진 듯 안타까운 사연들이 메일함을 채우고 있다. 아나운서, 스튜어디스, 모델, 심지어 연예인의 상담 메일까지 받고 있다. 얼굴 예쁘다고, 언제 어디서든 남자들이 다가온다고 해서 사랑에 자유로운 것은 아니다.

왜 지나간 일을
부여잡고 있는가

그 남자를 사랑할 때, 무엇 때문에 그를 사랑하는가? 당신에게 잘해주니까 사랑하는 것 아닌가? 연애 초반, 당신을 얻기 위해 그는 모든 것을 버릴 수 있을 것처럼 행동한다. 사소한 것 하나조차 챙겨주고, 좋은 곳에 데려가주고, 거기에 어울리는 멘트까지 던진다. 전화도 자주 할 테고, 카카오톡도 수시로 할 테고, 보고 싶다는 말도 자주 할 것이다. 소소한 이벤트도 만들어 당신을 감동시킬 것이다. 당신이 좋아하는 것만 맞추어 해준다.

그렇게 당신이 당신에 대한 그의 사랑을 확인하고 그를 받아들였는데 그가 예전 같지 않다면? 그렇다면 그는 당신을 사랑하는 것이 아니다.

'사랑하니까 그녀에게 해준다.'

이것은 남자의 연애 법칙이다. 바람둥이라도 그녀를 사랑한 순간만큼은 진심이었다. 하지만 그 후 자신이 원한 목적을 이루었다고 생각하면 그는 더 이상 당신을 사랑하지 않는다. 과격한 말일지 모르지만 사실이다. 이를 인정하고 대처할 줄 아는 여자가 현명한 여자다.

사랑하는 사람을 둔 여자들 대부분은 어떻게든 그를 예전의 그로 돌려놓으려고 한다. 잘해주었던 그때, 자상했던 그때로 돌아갈 것이라고 짐작하고, 그렇게 돌아갈 수 있다고 자신한다.

하지만 돌아갈 확률은 거의 없다는 사실을 깨닫기 바란다. 혼자 발버둥 쳐봐야 혼자만 힘들다. 섭섭해 그에게 짜증내고 화내는데도 그는 당신이 그러는 이유를 알지 못한다. 사랑하지 않기 때문에 당신이 섭섭하다고 해도 무시하고, 당신이 전화해도 받고 싶어하지 않고, 당신을 보고 싶어하지 않는다.

왜 이것을 인정하지 않으려고 하는가? 왜 모르는가? 당신 혼자만 힘들고, 울고, 외로우면서도 왜 그에 대한 미련을 버리지 못하는가? 그러니까 바보 같다는 말을 듣는 것이다.

해바라기 사랑은
위험하다

　　온종일 해만 바라보는 해바라기……. 해바라기는 덥지도 눈이 부시지도 않는가 보다. 해바라기는 그런 운명을 타고났기에 그렇게 할 수 있다. 하지만 당신은 해바라기가 아니다. 당신은 그런 운명을 타고나지도 않았다.

　왜 해바라기가 되려고 하고, 왜 굳이 한 남자만 바라보려고 하는가? 그런다고 그가 당신을 알아주던가? 그가 당신에게 결혼이라는 선물을 안겨주던가? 일방적으로 이별 통보를 받아본 여자들은 알 것이다. 그런데도, 이용만 당했음을 알면서도 왜 여전히 그를 놓지 못하는가? 왜 독립투사라도 되려고 사랑하는가?

　구구절절한 사랑은 한 번이면 족하다. 두 번, 세 번 반복하면 구구절절함도 짜증나는 삼류 드라마가 되고 만다. 사랑을 몰라서, 진심으로 남자를 사랑할 줄 몰라서 그렇게 행동하는가? 나만 좋아하고 사랑한다고 해서 사랑이 이루어지는 것은 아니라는 사실을 잘 알고 있지 않은가. 남자친구가 있다고, 사랑하는 사람이 있다고 해서 그만 바라보고 살지는 마라.

　아직도 은장도를 지니고 다니는가? 평생 과부로 살지언정 다른 남자와는 손도 잡지 않겠다는 마인드인가? 결혼했다면 모르겠지만, 지금 당신은 결혼도 하지 않았고 연애하는 중임을 알아두어라. 충분히 다른 남자를 만날 수 있고, 충분히 다른 남자를 만날 권리도 있다.

어떤 남자가 당신에게 진짜 사랑을 보여줄지 아무도 모른다. 어떤 남자가 당신에게 결혼을 선물할지 모른다. 당신이 포기한 소개팅에 친구가 나가 아주 좋은 남자를 만날 수 있고 행복할 수도 있다.

더 좋은 남자
만나려고 하지 마라

헤어진 그에 대한 진정한 복수는 그보다 더 좋은 남자를 만나 사랑하는 것이다. 그런데 이런 생각이 여자의 연애를 악순환에 빠지게 한다.

웬만한 여자치고 스펙, 외모, 스타일, 능력까지 겸비한 남자에게 사랑받지 않은 경우는 없다. 당신을 꼬시기 위한 연기였든 거짓이었다고 해도 그를 만나는 순간만은 행복했다. 고급 외제차를 몰고 다니는 남자도 만나보았을 것이다. 고급 한정식, 일식, 레스토랑에서 몇 십만 원 하는 저녁도 먹어보았을 테고, 몇 십만 원에서 몇 백만 원짜리 선물도 받아보았을 것이다.

그런데 여기서 한 가지 짚고 넘어가야 할 것이 있다. 또다시 그런 남자를 만날 확률은 얼마나 될까? 당신 눈에 괜찮다고 여겨지는 남자를 만날 확률이 얼마나 될까? 당신이 정말 예쁘고 괜찮은 여자라면 그런 남자가 다시 다가오겠지만 대부분 그런 남자를 만나기도, 그런 남자와 오래가기도 힘들다. 눈은 높아져 있는데 현실은 그렇게 되지 못하는 것이다.

　괜찮은 남자가 나타나면 그를 어떻게든 잡으려고 할 것이다. 앞뒤 가리지 않고 전후 상황을 살피지도 않고 그를 잡겠다는 생각밖에 없을 것이다. 그러다 보니 그가 시키는 대로 하게 되고, 그가 원하는 대로 움직이게 되고, 마침내 그에게 모든 것을 주고 만다. 그렇다 보니 곰 같은 여자가 되고, 바보 같다는 말을 듣는 것이다. 어릴 때는 순진하다는 말이 칭찬이겠지만 지금도 순진한 것은 결코 좋은 말이 아니다.

자신의 연애 방법을 되돌아보기 바란다. 바쁘게 살다 보면 내 인생을 되돌아볼 기회도 없이 앞만 보고 가는 경우가 많다. 하지만 잘못된 길을 걷고 있다면, 잘못된 방향으로 달리고 있다면 걸음을 멈추고 온 길이 맞는지 따져봐야 한다. 그 길이 생각과 다르다면 힘들더라도 다른 길로 갈 수 있어야 한다. 바보같이 한 남자만 바라보다 홀로 아픔을 삼켜야 할지 모를 이들에게 당부하고 당부한다.

결혼을 본격적으로 생각하는 20대 후반, 30대 초반, 그리고 그 이상 된 여자들. 그들은 왜 결혼하고 싶어도 결혼하지 못하는 걸까? 그들의 속내와 문제점을 들여다보고, 그들이 잊고 있었던 결혼생활의 의미를 돌아본다.

결혼하고자 하는
열정이 없다

　　　"저는 절대로 혼자 살지 않을 거예요"라고 선언한들 무슨 소용이 있는가? 절대로 혼자 살지 않겠다고 말은 하지만 당신은 지금 아무런 준비도 해놓지 않았다.

　한 여자 분과 상담 메일을 주고받다가 뒤로 자빠질 뻔한 일이 있었다.

　"결혼은 할 거죠?"

　"당연히 결혼은 해야죠."

　"언제쯤으로 예상하는데요?"

"내후년이나 하려고요."

"계획은?"

"지금은 남자가 없지만 그때 가면 생기겠죠."

"그때 가서 생기지 않으면 또다시 결혼을 미룰 건가요?"

"그건 그때 가봐서……."

그녀가 그렇게 대답한 것은 자신이 아직 젊다고 생각하기 때문이다. 언제든지 결혼할 상대를 사로잡을 수 있다고 생각했기 때문이다. 이런 실수를 하는 여자들이 의외로 많다. 나이가 들면 그때가서 결혼하면 된다고 생각한다. 자연의 순리대로 때가 되면 저절로 상대가 생기고 결혼하게 된다고 생각한다. 요즘이 조선시대인가? 부모끼리 모여 "그 집 딸이랑 우리 집 아들이랑 결혼시킵시다" 이렇게 말하면 결혼이 되는 세상인가? 절대 아니다.

"하지만 아무리 찾아봐도 좋은 남자가 없는걸요."

결혼 적령기에 있는 여자들은 이렇게 하소연한다. 좋은 남자나 괜찮은 남자가 아직까지 결혼하지 않았을 리는 없다. 그 나이까지 결혼하지 않았다면 어디 한 군데는 결격사유가 있기 때문이다.

그리고 다행히 괜찮은 남자, 좋은 남자가 나타났다고 해도 잡을 수 있는 것도 아니다. 그런 남자를 잡아야 된다는 생각이 강해 그에게 잘해주다가, 그에게 몸과 마음을 받쳐 충성하다가 차이는 일이 허다하다. 그러고는 다시 내 메일을 두드린다.

"그를 놓치기 싫어요. 그를 잡고 싶어요. 내가 실수를 많이 했지만, 그가 다시 돌아올 방법은 없을까요?"

그런 여자들과 마주할 때마다 한숨부터 나온다.

'왜 미리미리 상대에 대해 공부하지 않고, 왜 미리미리 연애를 배우지 않았는가?'

가만히 있어도 마음에 드는 남자를 사귈 수 있다는 착각은 당장 버려라. 세월이 알아서 능력 좋은 남자, 돈 많은 남자를 불러올 것이라는 허무맹랑한 공상은 당장 집어치워라. 돈 많은 남자, 능력 좋은 남자를 소개시켜주어도 그때 가서 당신은 딴소리를 할지 모른다. 더 중요한 문제는 그가 당신과 결혼할 생각이 없을 수 있다는 사실이다.

왜 상대의
조건부터 따지는가

6개월 전에 블로그를 통해 한 여자의 사연을 듣고, 그녀에게 소개팅과 맞선을 여러 차례 시켜주었다. 열 번 정도로 기억한다. 하지만 결과는 비참했다. 상대는 그녀를 괜찮게 생각했는데 그녀가 자꾸 상대가 마음에 들지 않는다고 했다. 그렇다고 내가 그녀에게 루저를 소개시켜준 것도 아니었다. 그녀가 염두에 둔 상대의 외모와 능력을 고려해 해준 것이었다.

그녀는 처음에 이렇게 말했다.

"저는 능력이 좋거나 집안이 좋거나 따지지 않아요. 다만 돈이 많은 사람이라면 좋겠어요."

돈 많은 남자를 원한다니 한 방에 인생 역전을 노리는 의도였다. 하지만 그런 사람이 아니라면 만날 의사가 전혀 없다고 해서 수소문해 200억대 자산가를 한 명 소개시켜주었다. 누구든 허리를 90도로 굽히며 "감사합니다!"를 외칠 만했다. 하지만 그녀는 퇴짜를 놓았다. 키가 작아 싫다고 했다.

이번에 키가 170센티미터 후반에 100억대의 재산을 가진 남자를 소개시켜주었다. 그런데도 그녀는 여지없이 아니라고 했다. 처음 남자와는 달리 느낌이 오지 않는다는 이유에서였다. 강남에 30평대 아파트를 가지고 있고 대기업에 다니는 사람을 소개시켜주었는데 말이 너무 없어서 싫단다.

그녀는 이렇게 만날 때마다 하나하나 이유를 대면서 싫다고 했다. 그게 이어지다 보니 열 번이나 되었다. 결국 나는 짜증이 나 "그럴 바에는 혼자 사세요"라고 큰 소리치고, 그녀를 포기하고 말았다.

그런데 일주일 후에 그녀로부터 다시 메일이 왔다. 내용은 구구절절했지만, 결론은 200억대 자산가를 다시금 만날 수 있겠느냐는 것이었다. 그 경우 주선해주는 사람이라면 그나마 다행이라며 만나게 해줄까? 아니다. 한 번 떠나간 사람은 다시는 돌아오지 않는다. 이제 와서 생각해보니. 그 남자가 탐이 나고, 그만한 남자도 없다고 생각해도 그 순간에 타지 못하면 또 언제 같은 사람이 올지 모르는 게 인연이다. 더구나 그 남자가 그녀를 흔쾌히 받아들일까?

지나고 보니 그 자리에 마주한 그 남자가 아쉽고, 그 남자가 생각나고, 그만한 상대도 없다며 아쉬웠을 것이다. 만약 그녀가 초면에 다른 점이 아쉽더라도 그와 몇 번 데이트해보고 그 후에 아니라고 해도 괜찮지 않았을까? 왜 첫 만남에 모든 것을 결정하려고 할까 도무지 이해할 수 없다.

결혼할 남자를 선택할 때 이것저것 조건을 따질 필요가 없다. 결혼하고 싶다면 당신이 바라는 그것 한 가지만 보고 결혼해도 행복하게 사는 여자들이 적지 않다. 더구나 눈에 보이는 하나만 보고 결혼했는데 같이 있다 보니 남편이 괜찮은 면이 많다고 말하는 여자들이 의외로 많다.

결혼은 결코 로또 복권이 아니다

결혼을 결정할 때, 상대의 능력이나 돈만 보고 결정하지 않을 것이다. 자기 혼자서도 잘 먹고 잘살고 있으니 굳이 그런 것을 따질 이유가 없을 것이다. 그만큼 스스로에 대한 자신감과 여유가 작용했을 것이다.

어느 정도 능력만 되면 충분하다면 괜찮다고 생각할 것이다. 그런데 막상 결혼이 현실이 되면 돈 앞에서 무너지는 여자들이 너무나 많다.

여자들은 똑같이 말한다.

"결혼은 현실이다."

특히 주변에 친구들이나 언니, 친지들 중에서 능력 좋은 남자를 만나, 사모님 소리 들으며 사는 이들을 볼 때마다 질투와 시기가 저절로 우러난다.

'나보다 떨어지면서 그런 사람을 만나다니……'

'내가 그보다 못생기길 했나, 키가 작나, 몸매가 안 되나? 말도 안 돼.'

이렇게 생각한다. 그러고는 다짐한다.

'그보다 더 좋은 남자, 더 능력 있는 남자를 만날 거야!'

그런데 문제는 이렇게 생각해서, 이처럼 다짐하다 보니 오히려 결혼하지 못하고 지금까지 혼자 독수공방하고 있는 것이다.

결혼생활의 진정한 행복은 무엇일까? 돈이 있으면 최소한 불편하지는 않을 것이다. 하지만 돈이면 모든 게 다 된다는 생각은 집어치워라. 내 주변을 봐도 그렇다. 돈 많은 남자와 결혼해 마냥 행복할 것 같던 여자도 돈 때문에 갈라섰고, 빵빵한 집안에 시집가보란 듯이 살 것 같았던 여자도 시집살이 때문에 말 못할 고생을 하고 있다.

알콩달콩 사는 것도 재미다. 모자란 것을 채우며 사는 것이 결혼 생활의 진짜 재미다. 그렇다고 쥐뿔도 없는 상대와 결혼해도 괜찮다는 말은 절대 아니다. 돈에 대한 근심 걱정이 사라졌다고, 먹고 사는 근심 걱정이 사라졌다고 결혼생활이 영원히 행복한 것은 아니라는 사실을 알려주고 싶을 뿐이다.

결혼하고 싶다면. 결혼해야겠다고 생각했다면 자신이 왜 지금까지 결혼하지 못했는지부터 진지하게 생각해보라. 좋은 남자가 없어서라면 결혼하고 싶은 남자가 없다고 집안에 틀어박혀 하소연만 하지 마라. 바깥에 나서야 좋은 상대를 한 명이라도 만날 수 있다. 아울러 자신의 결혼관도 짚어보아야 한다. 욕심을 부리면 한도 끝도 없다. 인간이라면 누구나 욕심을 가지고 있지만, 그 욕심을 자신에 맞게 부릴 때 행복한 삶이 되는 것이다.

좋은 사람 만나려면
환상부터 깨라

'이런 사람과 결혼해야지', '결혼한다면 이렇게 살아야지'……. 누구나 결혼
생활에 대한 환상을 갖고 있다. 그리고 결혼해 행복하게 사는 이들을 보면 부럽고, 그
들처럼 살고 싶어진다. 그러나 결혼은 환상이나 남 일이 아니라 바로 당신의 부대껴야
할 현실이다.

모두가 그들처럼
살 수는 없다

탤런트 하희라가 〈무릎팍도사〉에 나와 남편인 최수종의
이벤트에 대해 이야기한 적이 있었다. 추운 겨울날 크레인 위에서
오들오들 떨며 몇 시간을 기다린 그가 아내인 하희라가 밥을 먹고
나오자 크레인에서 내려와 장미꽃을 주었다는 내용이었다. 대단
한 일도 아니었다. 그날이 그녀의 생일이라는 이유 하나로 한 이벤
트였다.

이런 식으로 이벤트하고, 생일이나 결혼기념일마다 기념해주는

부부가 얼마나 될까? 결혼 1년차라면 이 정도의 이벤트는 아니더라도 좋은 곳에 가서 외식 정도는 할 것이다. 하지만 결혼 연차가 오래될수록 결혼기념일이나 서로의 생일은 가족이 밖에서 외식하는 의미 그 이상 그 이하도 아니다.

결혼기념일이나 생일마다 반지나 목걸이를 선물한다면 10년이 지나면 금은방을 차려야 될 정도다. 그것을 사줄 돈도 없을뿐더러 그렇게 해줄 수 있는 사람도 흔하지 않다. 그리고 결혼 연차가 오래될수록 먹고사는 데 바빠 결혼기념일이나 생일은 잊고 지나가기도 한다.

반드시 기념일을 기억해주고 그때마다 무엇인가 이벤트를 열어주기를 바라지 마라. 새로운 자극을 바란다면 며칠 전에 그에게 그날이 무슨 날인지 분명하게 알려주어라. "그렇게까지 알려줄 필요가 있을까?", "그러면 재미가 없지 않느냐?"고 반문하지 마라. 그러지 않고 그가 기억해주겠지 기대했다가 낭패당하면 싸울 일밖에 남지 않는다. 결혼은커녕 그 자리에서 갈라설지도 모른다.

최수종·하희라 부부의 철부지 같은 결혼 생활이 부럽고, 애인이 나중에 저렇게 해주었으면 바랄 것이다. 그때 남자들은 한결같이 말한다.

"그러는 당신이 하희라라면……."

정답이다. 당신은 하희라가 아니고 그도 최수종이 아니다.

결혼하기 전에 몸도 좋고, 멋있게 입고 다니고, 당신 말이라면 무조건 다 들어주고, 당신 앞에서 남자다운 모습만 보여준 그가 결혼 후에도 똑같으리라 생각하면 오산이다. 결혼은 연애와는 전혀 다르다.

결혼한 후에는 승진이나 진급에도 상당히 신경 쓴다. 승진하고 진급해야 월급도 두툼해지고, 그래야만 최소한 밑에서 치고 올라오는 젊은 부하직원들에게 밀리지 않을 수 있기 때문이다. 자신보다 늦게 입사한 사람이 자신보다 높은 자리에 앉는다면 이는 회사를 그만두라는 뜻이다. 그러지 않으려면 상사에게 알랑방귀라도 뀌어야 하고, 더 공부해야 하고, 부하직원들에게 리더십도 보여주어야 한다. 왜 이래야 하느냐고 묻는다면 아직 결혼하지 않은 사람이거나 유치원부터 다시 다녀야 한다. 처자식을 먹여 살리기 위해서는 어쩔 수 없지 않은가.

결혼생활이 길어질수록 짐이 더 쌓인다. 운동이라도 하고 싶지만 그러기에는 하루가 너무나 빡빡하다. 야근, 회식으로 집에 돌아오는 시각은 늘 한밤중이고, 주말에 편히 쉬고 싶지만 애들이 놀아달라고 조른다. 예전처럼 소파에 누워 있는 것도 눈치가 보인다. 집안일도 해야 아내의 잔소리가 덜하다. 연애할 때와는 상황이 전혀 다르다.

연애할 때처럼 이벤트도 해주고, 낭만적인 이야기도 나누지 못한다. 월급이야 매달 정해진 날짜에 통장으로 확인되는 상황에 선물이라도 준비하면 이 말부터 몰려온다.

"뻔히 아는 월급으로 어떻게 이걸 샀어? 뒷돈 숨겨둔 거, 죽기 전에 대!"

평생을 살려면 마음이 우선이다

　　어떤 남자가 남편감으로 가장 좋을까? 아내도 마찬가지 다. 살아보지 않고는 알 수 없다고 하지만, 그래도 짚을 수 있는 한 짚고 넘어가야 결혼한 후에 후회하지 않는다. 남자의 경우부터 들 여다보자.

　낭만적인 결혼생활을 꿈꾸는가? 먹고 싶은 것 거리낌 없이 먹으 러 다니고, 즐기고 싶은 것 마음껏 즐기며 살고 싶을 것이다. 아랫 사람들의 도움을 받으며 나서는 세상을 꿈꾸는가? 반대로 월급 제 때 나오고, 회사에서 직원들과 허물없이 어울리고, 아이들에게 잘 해주는 꿈은 너무나 초라해 보이는가?

　그런데 결혼한 여자들일수록 돈은 많이 벌지 못하지만, 연애 때 와 달리 남자다운 매력은 떨어졌지만 자기 일 묵묵히 하고 성실하 게 사는 남자를 가장 좋은 남편으로 꼽는다.

　"누구는 한 달에 얼마 벌더라", "누구는 돈 벌어 큰 집으로 옮긴 다는데", "누구는 이번에 자기 아내에게 차를 사주던데", "누구는 결혼 10주년을 맞아 해외여행을 간다" 이런 이야기에만 귀를 세우지 마라. 세상에는 이런 남자만 있는 것이 아니다. 더구나 이런 남자가 당신과 결혼할 확률은 거의 희박하다. 오히려 그런 남편을 기대하다가 결혼 후 패가망신당하는 여자들이 의외로 많다. 연애할 때는 그렇게 상냥했던 그가 결혼 후 돌변하거나 불륜 드라마를 만드는 일이 적지 않다. 잘 나가는 줄 알았는데 결혼한 지 몇 년 만에 걸인 꼴이 되는 남자들도 있다. 그보다야 물질적인 풍요는 모자라지만 당신을 누구보다 아껴주고, 어느 누구에게도 해코지당하지 않는 그에게 고맙다고 말해야 옳을 것이다.

더 잘해주지 못해 안타깝고 더 많이 해주고 싶어도 능력이 안 되는 남자도 있다. 자기 그릇이 이것밖에 안 되는데 그런 못난 자신을 사랑해주는 당신이 곁에 있다는 것만으로도 고맙게 생각한다면 그는 분명히 좋은 남편이 될 수 있다.

여자의 경우는 어떨까?

세상이 아무리 여자가 예뻐야 한다고 말해도, 그녀의 얼굴과 몸매가 당신에게 밥 먹여주는 것은 절대 아니다. 얼굴 예쁘고 몸매 좋은 여자는 연애할 때는 좋겠지만, 결혼생활에 접어든 순간 누구보다 자기를 이해해주고 누구보다 자기편을 들어주는 사람이 절실해진다.

얼굴 예쁜 여자는 한 달 정도 같이 있으면 그녀가 정말 예쁜 건지 분간하지 못한다. 더구나 남자든 여자든 어울리는 기간이 늘수록 상대의 단점이 보이기 시작한다. 얼굴 예쁘고 몸매 좋은 여자도 살다 보면 흠이 보인다는 말이다.

얼굴 예쁘고 몸매가 괜찮다고 해서 결혼 후에 얼굴 뜯어먹고 살 일 없으며, 그 얼굴과 몸매를 관리하는 데 엄청난 돈이 든다. 그리고 이런 여자라면 손에 물 한 방울 묻히게 하지 않겠다고 다짐하지만 당신이 그 일을 다 하지 않는 이상 현실은 정반대다. 얼굴보다 중요한 것은 당신을 대하는 그녀의 마음이다. '잠자는 숲속의 공주'는 동화에서나 가능하다.

젊고 돈 잘 버는 상대를 꿈꾸는가

10년 차이나 띠 동갑을 극복하고 결혼에 이른 연예인들이 적지 않다. 그런 소식이 들릴 때마다 부러워하는 남자들이 의외로 많다. 남자와 나이 한참 어린 여자와 결혼하는 것이 그렇게 좋은 일이기만 할까?

10년 차이를 예로 들어보자. 남자가 서른여섯 살이라면 그녀는 스물여섯 살이다. 남자가 마흔다섯 살이면 여자 나이는 서른다섯 살이다. 부부 관계로 보았을 때 남자는 지는 별이고 여자는 뜨는 별이다. 이런 부부일수록 이혼하는 확률이 나이차가 많지 않은 부부보다 높고, 의견이 대립할 확률도 높다. 특히 부부싸움만 할 때 나이 어린 여자 입에서 자연스럽게 나오는 말이 무엇인 줄 아는가?

"나이 어린 나를 보쌈하듯 데리고 왔으면 잘해야지."

나이 많은 남자와 나이 어린 여자가 결혼 후 겪는 가장 큰 문제는 노후다. 남자 나이 46이면 회사에서 물러나야 할 때다. 공무원이나 신의 직장에 다닌다면 모를까, 일반적인 기업이라면 명예퇴직을 당하거나. 은연중에 그만 물러나라고 눈치 주는 시기다. 남자 나이 50이면 아무리 첨단 의료기기가 개발되고 운동을 열심히 한다고 해도 모든 일이 조심스럽다.

서로가 살아가는 나이대가 다르다 보니 말도 통하지 않을 때가 많다. 남자는 노후를 준비하자고 하는데 여자는 그러기에는 아직 젊다고 한다. 부부가 같은 곳을 바라보고 같은 생각을 해야 되는데 서로 다른 이야기를 한다.

여자의 능력에 기대려는 환상에서도 벗어나야 한다.

주위에 돈 많이 벌어다주는 아내를 둔 친구나 지인을 보면서 부럽다고 생각할 것이다. 나도 저런 여자를 만나야겠다고 생각할 것이다. 하지만 그녀가 하는 일이 중요한 업무거나 그녀가 자영업이나 개인 사업을 할 경우를 떠올려보라. 누가 밥을 차릴 것이며, 누가 집안청소를 할 것이며, 누가 아이를 돌볼 것인가? 시간을 짬짬이 내 할 수도 있다. 그리고 먼저 온 사람이 그 일을 할 수도 있다. 하지만 문제는 이게 오래 가지 못한다는 것이다.

한 예를 들어보자. 내 지인들 중에 여자가 연 수익 15억 원에 이르고 그도 3억 원 정도 버는 부부가 있다. 남들이 부러워하는 샘플이라고 해도 과언이 아니다. 그런데 남편의 말에 따르면 자신과 아내의 관계가 바뀌는 일이 자주 생겼다. 그의 아내는 지방출장이다 해외출장이다 해서 한 달에 며칠씩 집을 비우기 일쑤였고, 집에서 같이 밥을 먹는 횟수도 줄어들었다. 그러다 보니 그도 집에 들어가기가 싫어졌다고 한다. 집에 들어와도 여관방 그 이상 그 이하도 아니라고.

그 생활에 지친 그가 아내에게 푸념삼아 말했다.

"사업 접고 내가 벌어다주는 것으로 살면 안 될까?"

그 말을 들은 아내는 노발대발했고, 이혼 직전까지 갈 뻔했단다.

돈 많은 아내를 두었고, 능력 있는 아내 두었다고 해서 주위에서는 "부럽다", "복 받은 놈"이라고 이야기하지만 그가 겪는 고충은 상상을 초월한다. 퇴근하면 유치원에 가서 아이들을 데려와야 하고, 집에 오자마자 아이들에게 밥 먹여주어야 하고……. 도우미가 있어도 해야 할 일은 한두 가지가 아니다.

처갓집이 든든한 여자와 결혼한 경우도 마찬가지다. 당신이 장인어른이나 장모님께 자신의 능력을 보여주지 못하면 평생 무시를 당하면서 살아야 한다. 그렇지 않다고? 그녀의 장인어른은 그럴 분이 아니라고? 그렇게 될 수밖에 없는 것이 현실이다.

남자는 하늘, 여자는 땅이라고 부르던 시대는 이제는 더 이상 오지 않는다. 그러면서도 남자들은 여전히 그런 세상을 그리고 있다. 방법은 단 한 가지뿐이다. 당신만 바라보고 당신만 평생 사랑하고 당신만 이해해주는 여자와 결혼하는 것. 문제는 지금, 그런 여자가 어디에도 없다는 것이다. 당신이 바뀌지 않으면 세상도 바뀌지 않는다.

결혼하고 싶다면
이것을 챙겨야

결혼을 포기한 여자도 없지 않겠지만, 여자라면 대부분 결혼하고 싶어할 것이다. 이 글은 하루 빨리 좋은 상대를 만나 행복한 가정을 꾸리면서 잘살기를 바라는 여자들을 위한 글이다.

결혼하지 못한
이유를 따져보라

여자들에게 "왜 아직 결혼하지 않습니까?"라고 물으면 다들 같은 대답이다.

"아직 좋은 인연이 나타나지 않아서요."

이렇게 말하는 그녀들에게 물어본다.

"언제 그 인연이 나타날 것 같습니까?"

만약 당신이 마음에 드는 이성을 만났을 때, 그 인연을 붙잡을 수 있는 능력은 되는가? 결혼에 골인할 수 있는가?

지금 당신은 스스로를 정확하게 인지하지 못하고 있을 수도 있다. 당신 자신은 아무 잘못이 없는데, 당신은 괜찮고 예쁜데 그것을 남자들이 몰라준다고 생각할 것이다, '나 같은 진국을 몰라주는 남자들 때문'이라고 스스로를 합리화할 것이다. 이것이 당신이 아직까지 결혼하지 못하는 이유다.

남자들이 당신을 몰라주는 것이 아니라 남자들이 당신의 가치를 몰라주어도 될 만큼 당신 스스로를 그렇게 만들었다고는 생각하지 않는가?

식사하러 갈 때 여자들이 하는 단골 멘트가 있다.

"나 살 빼야 되는데⋯⋯."

말은 이렇게 해놓고 젓가락은 이미 음식으로 가고 있다. 어떤 여자는 남자보다 더 많이 먹기도 한다.

"너 살 뺀다면서?"

"이거 먹고 저녁에 안 먹으면 돼."

이런 여자가 저녁에 안 먹을 것 같은가?

4년 전에 소개팅으로 만난 여자가 생각난다. 그녀는 누가 보아도 뚱뚱한 체격이었다. 검은색 옷으로 최대한 야위게 보이려고 해도 감출 수 없는 것은 감출 수가 없었다.

그녀와 대화를 나누던 중 그녀가 이렇게 말했다.

"저 많이 뚱뚱하죠? 예전에는 날씬했어요."

상대 남자에게 그 말을 믿으라는 자체가 개그콘서트다. 그 말이 아무리 진실이라고 해도 남자들의 생각은 전혀 다르다.

'그런 말 할 것 같으면 날씬해져서 나오든가!'

남들은 눈썹 문신, 아이라인 문신, 피부 마사지, 경락, 요가 등을 하면서 예뻐지기 위해 끊임없이 노력할 때 당신은 지금 어떻게 하고 있는가? 노력하고 꾸며도 좋은 인연을 만나기 힘든 시대에 당신은 아무것도 하지 않은 채 남자가 오기만을 기다리고 있지는 않은가?

현실을 직시하라. '나는 사귀면 남자에게 헌신하면서 잘해주는 스타일인데……' 푸념할 시간에 자신부터 가꾸고 꾸며라. 당신의 외모가 괜찮아야 남자가 당신과 사귀든지 당신을 사랑하든지 할 것 아닌가.

내가 비록 서른여섯 살밖에 되지 않았지만, 여자가 남자 외모 보지 않는다는 말은 들어보았어도 남자가 여자 외모 보지 않는다는 말은 여태껏 한 번도 들어보지 못했다.

두 마리 토끼를 잡을 수는 없다

2년 전 일이다. 나보다 한 살 어린 여자 후배가 협박 반 애원 반으로 내게 결혼할 남자를 소개시켜달라고 했다. 그런 그녀의 부탁을 처음에는 무시했는데 그게 3개월 이상 이어지자 그녀가 정말 급한가 보다 싶어 그녀보다 네 살 많은 남자를 소개해주었다.

당시 남자는 서른일곱 살로, 금융업에 다니고 있었으며, 연봉은 9,000만 원 정도였다.

소개팅이 끝나고, 그녀가 내게 전화했다.

"오빠, 정말 이러기야? 나랑 키가 비슷한 사람을 소개시켜주면 어떻게 해?"

그 후배의 키는 168센티미터였고, 상대 남자는 174센티미터였다. 내가 그것을 모르고 그 남자를 소개시켜준 것은 아니었다. 다만 연애가 아니라 결혼을 전제로 사귈 만한 상대였기 때문에 그도 괜찮다고 생각해 연결해준 것이었다.

그리고 후배의 스펙도 고려했다. 그녀가 평범한 외모에 평범한 직장을 다니면서 연봉 2,500만 원 정도인데, 연봉 9,000만 원 정도 되는 남자를 만나 결혼하면 대박 아닌가. 연봉 2,500만 원에 평범한 외모인 여자가 결혼정보업체에 가서 연봉 9,000만 원 이상의 남자를 만나고 싶다고 해보라. 그 업체의 커플 매니저는 앞에서는 상냥한 척해도 뒤에서는 갖가지 욕을 퍼부을 것이다.

당신은 더 좋은 인연을 만날 수 있다고 생각할 것이다. 더 괜찮은 사람이 나타날 것이라고 생각할 것이다. 그러나 상상과 현실은 엄연히 다르다. 당신은 신데렐라가 아니고, 당신이 찾는 남자는 백마 탄 왕자가 아니다.

물론 얼굴도 괜찮고, 키도 크고, 돈도 잘 버는 남자는 있을 것이다. 그런데 그런 남자와 비교할 때 당신은 평범함 그 이상은 되지 못하는 여자일 뿐이다. 당신보다 돈 많고 더 예쁜 여자들이 줄을 서서 기다리고 있는데, 그가 정신 나가지 않는 한 평범함뿐인 당신과 결혼하려고 하겠는가.

별로 예쁘지도 않는데, 스펙도 대단하지 않은데 정말 괜찮고 돈 잘 버는 남자를 만나 잘사는 친구나 선후배도 있을 것이다. 그에 위안을 삼고, 자신도 그런 남자를 찾고, 그런 남자가 나타날 것이라고 생각한다. 하지만 그것은 로또복권 1등에 당첨되기를 바라는 것과 다를 바 없다. 확률적으로 희박하다.

30대라면 결혼을 전제로 만나라

사람들 대부분이 30대 때 결혼을 전제로 이성과 사귄다. 그런데 문제는 결혼할 생각이 전혀 없으면서도, 여자에게 "내년에 결혼하자", "당신과 결혼할 것이다"는 말을 늘어놓으며 사귀는 남자들이 적지 않다는 점이다.

앞으로 결혼 같은 건 하지 않겠다는 여자들일수록 남자의 장난질에 속은 경우가 대부분이고, 이 영향으로 이후 남자를 만나는 것은 물론 결혼 자체를 포기하는 일도 많다. 누군가를 믿고 사랑하기에는 겁부터 나기 때문이다. 적지 않는 나이에 믿고 사랑했는데, 그렇게 좋아했는데, 진짜 사랑이라고 믿었는데 야멸차게 돌아서는 남자를 경험하다 보니 더 이상 남자라는 족속은 믿을 것이 못된다고 생각한다.

여기서 내 작은누나 이야기를 해보자. 작은누나는 매형을 만난 지 6개월 만에 결혼했다. 서른한 살 때 결혼해 지금은 9년차다. 작은누나가 결혼에 골인한 방법은 남다르다. 3개월 동안 결혼상대로 만난 그의 이것저것 따진 작은누나는 이 남자다 생각이 들었고, 그 즉시 그 앞에 혼인신고서를 내밀었다.

"나랑 결혼할 거라면서요? 그러니까 써요."

어떻게 그렇게 무모하게 나올 수 있느냐고 내가 묻자 작은누나의 대답은 거침없었다.

"어차피 3개월 동안 만났다면 서로의 성격이나 집안도 다 알 테고, 서로 얼마 벌고 얼마나 저축해놓았는지도 알 거 아니냐. 더구나 이 나이에 서로 사랑하고 좋아하는데 결혼하는 거야 당연하지. 쇠뿔도 단김에 빼야지, 그렇지 않으면 남자는 딴 생각해."

작은누나의 사례는 다른 여자들에게도 괜찮은 방법이라고 생각한다. 혼인신고서를 내밀었을 때 그 남자가 머뭇거린다면 끝내는 것이 상책이다.

30대 때 2, 3년 미루다 결혼하지 못하면 더 손해 보는 쪽은 여자다. 여자는 결혼 적령기에 결혼하지 못하고 나이가 들면 들수록 값어치가 떨어진다. 그리고 만나는 남자의 연령대도 점점 높아지고, 만나는 남자의 폭도 갈수록 좁아진다. 30대라면 결혼을 전제로 만나야 한다. 다만, 결혼을 전제로 만났는데 6개월이 지난 후에도 답이 없다면 미련 없이 정리하라. 괜히 질질 끌려 다닌 탓에 더 좋은 남자를 만날 기회조차 놓치는 우를 범하지 말기 바란다.

결혼은 현실이다. 그렇다면 그 현실을 확실하게 인지하고 있는가? 말로는 현실 타령 하면서 실전은 그 현실과 동떨어지지 않는가? 충분히 노력하면 자신이 더 빛나고 현실을 제대로 인지하면 더 좋은 인연을 만날 수 있다. 현명하게 생각하면 더 괜찮은 상대와 결혼할 수 있다.

Part 5

사 랑 할 때
고 민 해 야
할 것 들

무한도전 연애조작단이
실패한 이유

나는 평소에 무도패인을 자처하는 〈무한도전〉 팬이다. 몇몇 특집은 지금도 선명하다. 연애 블로그를 운영하는 입장에서 본 '연애조작단' 편은 특히 그렇다. '이 사람들을 진심으로 도와주려고 그런 건가?' 의문과 아쉬움도 남았다. 그 방송을 보면서 연애에 실패할 수밖에 없는 이유도 다시 한 번 곰곰이 생각했다.

공개하지 말아야 할
사랑도 있다

〈무한도전〉 '연애조작단' 편 내용 중 짝사랑하는 여자를 향한 애타는 마음을 소개한 것은 차라리 방송하지 않는 편이 낫지 않았을까 싶어진다.

이 방송을 본 사람들이라면 기억할 것이다. 그는 친구를 통해 그녀에게 자신의 명함을 주었고, 그렇게 자신의 마음을 전했다. 그런데 명함을 받고 난 후 그녀는 그에게 연락하지 않았다. 남자친구가 있었기 때문에 그랬겠지만, 남자친구가 없어도 이 사연은 성공할 확률이 거의 없었다고 봐야 할 것이다.

그녀는 아버지가 운영하는 분식점에서 일을 도와주는 마음씨 착하고 순수한 여자다. 그녀의 마음 씀씀이에 많은 남자들이 열광했고, 이런 여자라면 좋아할 만하다고 했다. 반면에 그녀는 좋고 싫음이 확실했다. 남자에게 대시를 받아본 경험이 있고, 그것을 어떻게 거절할지도 자기 나름대로 터득했다. 이는 방송을 보면 분명하게 알 수 있다. 리포터를 통해 그녀의 마음을 알아보았는데, 그녀는 "싫다"고 분명하게 말했다.

착한 그녀가 그것을 받아주지 않은 이유는 무엇일까? 라디오 프로그램에서 분식점을 홍보해주겠다고 했다면 충분히 가게에 도움되었을 테고, 효심이 강한 그녀로서도 이런 제안을 거절할 리가 있겠는가. 하지만 그녀는 단호하게 거절했다. 여기서 그녀의 성격을 알아차렸어야 했다. 친해져야만 자기 마음속에 있는 것을 꺼내고, 식당을 하고 있기 때문에 모든 손님을 친절하게 대할 수밖에 없지만, 자신이 정해 놓은 선은 절대 넘지 않는다는 것을.

그녀를 짝사랑하는 그가 그녀에게 다가갈 수 있는 방법은 분식점에 자주 가서 그녀와 친해지는 방법밖에는 없다. 최소한 그녀의 시선 안에는 있어야 주목할 여지라도 있지 않은가.

그렇다고 그녀에게 직접 다가서라는 것은 아니다. 특히 지금까지 짝사랑만 해왔고 늘 포기에 익숙했던 그로서는 그녀에게 직접 어필하는 것 자체가 힘들 수 있다. 그때는 그녀의 주변을 끌어당겨야 했다. 그 분식점에 그녀 혼자만 일하는 것은 아니지 않는가. 그녀와 함께 일하는 그녀의 아버지나 주방 아주머니를 공략 대상으로 삼아야 했다. 그것이 그녀에게 좋은 남자로 인식시키는 최선의 방법이었다.

그 방법이 가게의 특성과도 들어맞는다. 고급 레스토랑처럼 음식 값이 비싼 것도 아니고, 규모가 큰 것도 아니어서 그만 노력한다면 그녀와 그때마다 마주치게 된다. 최소한 이 정도 계산을 하고 나서 연애조작을 해주든 연애 방법을 알려주어야만 했다.

만약 그녀에게 남자친구가 없었다면 〈무한도전〉 연애조작단은 어떻게 했을까? 그녀를 방송국에 초청했을 테고, 세팅해놓은 무대에서 그가 그녀에게 프러포즈했을 것이다. 하지만 그 경우라도 그녀는 그를 받아주지 않았을 것이다. 모든 여자들에게 물어보라. 얼굴도 모르는 사람이 이벤트성 프러포즈를 한다고 마음을 여는 여자는 어디에도 없다.

"편의점에서 일하는 여자인데, 내 이상형이에요. 내 마음을 어떻게 고백해야 할까요?"

이런 메일이 많이 온다. 그때마다 내가 보내는 답장은 똑같다.

"방법은 자주 가서 안면 트고 친해지는 것뿐입니다."

그는 〈무한도전〉 연애조작단을 믿은 채 그동안 아무것도 하지 않았다. 그 결과 그는 그녀에게 남자친구가 있다는 것만 확인했고, 그것으로 그는 그녀에 대한 사랑을 포기해야만 했다.

질투심 유발이
불러온 참극

두 번째 사연이 성공 확률이 훨씬 더 높아 보였다. 자신을 친구로만 대하는 남자에게 사랑을 고백하는 여자의 사연……. 그런데 이 사연도 인연을 맺지 못하고 말았다. 문제는 데이트 세팅이 잘못되었다는 점과 친구 관계가 너무나 오래되었다는 점이다.

남자 입장에서 볼 때 하하 친구인 강태풍이라는 잘생기고 멋진 남자를 왜 투입했는지 모르겠다. 같은 남자가 봐도 주눅 들게 만드는 남자, 키도 크고 얼굴도 잘생긴 남자가 친구로 지내는 여자에게 잘해준다면 남자 입장에서 어떻게 생각할 것 같은가? 질투심을 느낄 것 같은가? 아니다. 여느 남자라면 포기해버린다.

특히 남자의 경우 그녀를 좋아했던 적도 있었노라고 고백했다. 이런 고백이 아니더라도 그녀가 사연을 적고 인터뷰를 했을 때 그의 행동을 살펴보면 그녀를 마음에 들어 한다는 것을 알 수 있다. 다른 남자와 같이 재미있게 놀고 있으면 질투했고, 다른 남자들과 같이 어울리는 것도 싫어했다. 그런 그에게 이런 질투심 작전이 먹힐 리는 만무하다. 최소한 이 정도 생각도 하지 않은 채 연애조작단을 한다는 건지 의아했다.

강태풍의 등장은 또 다른 역효과를 낳았다. 데이트할 때 제삼자가 끼어들면 데이트에 몰입하지 못한다. 로맨틱한 분위기를 이끌어 가야 할 자리가 장난처럼 되어버리고, 서로 가벼운 식사 자리로

만 생각하게 된다. 늘 보는 친구가 그 자리에서도 늘 같은 모습으로 보일 뿐이다.

둘이서 오붓하게 자리하는 시간이었다면, 추억을 벗 삼아 이야기했다면 상황은 역전될 수 있었을 것이다. 그는 일주일 뒤에 미국에 가야만 한다. 그렇다면 그를 잡기 위해서는 분위기를 조성해 진지하게 설득하는 방법이 옳았을지 모른다.

그런데 연애조작단은 오히려 그 상황에 질투심을 유발하는 잘못을 저지르고 말았다. 그녀는 그 자리가 얼마나 떨리고 힘들고 간절하겠는가? 그런 그녀의 마음을 조금이라도 이해한다면 그 자리를 장난처럼 만들어서는 안 된다.

식사를 끝내고 이어진 극장 안. 그녀가 자신의 마음을 스크린을 통해 그에게 고백했다. 그런데 그는 자신이 왜 그런 고백을 받아야 하는지 당황스러워하는 표정이었다. 문제는 시간 안배였다. 그녀가 그를 놓치고 싶지 않다고 생각했다면 서로가 행복했던 기억들을 끄집어냈어야 했고, 그전에 한 번이라도 그의 속마음을 진지하게 물어보았어야 했다. 그랬다면 성공 확률이 좀 더 높았을 것이다.

따질 것은 따지고
사랑하라

깊어가는 계절만큼 고민도 늘어난다. 하루에도 상담 메일이 셀 수 없이 많이 올라오고, 그때그때 일일이 답장을 보내지 못해 늘 미안한 마음이다. 그런데 당신이 가진 고민을 다른 이들도 똑같이 하고 있다는 것을 알고 있는가? 당신이 가진 아픔을 다른 이들도 똑같이 아파한다는 것을 알고 있는가?

좋은 사람을
만났는데 어쩌죠

모임, 학교, 교회 등에서 괜찮은 남자와 만나고, 그와 친해지고 싶은데 도저히 기회가 없어 안절부절못하는 이들이 많다. 이때 어떻게 해야 그에게 다가갈 수 있을지 고민하는 여자들이 많다. 물론 남자들도 그렇다.

어렵게 생각하지 마라. 다가가서 연락처 알려달라고 하면 남자들은 알려준다. 그에게 다가가 "친하게 지내고 싶어요" 말하면서 연락처를 알려달라고 하면 대부분 남자들은 순순히 응한다. 단 하나 예외는 있다. 당신이 정말 못생겼을 경우다. 남자라는 족속이 아무리 열 여자 마다하지 않는다고 해도 아니다 싶은 여자가 다가오는 것은 정말 싫어한다. 그녀와 엮이고 싶은 생각이 털끝만큼도 없다.

예외사항은 하나 더 있다. 당신이 알고 지내는 여자에게 그가 관심이 있는 경우다. 특히, 학교나 교회처럼 서로 알고 지내기 쉬운 장소에서 아는 사람들끼리 뭉쳐 다니는 경우에 이런 일이 자주 생긴다.

마음에 드는 여자, 괜찮다고 생각하는 여자가 있는데 당신이 그녀와 친구라면 그는 당신을 거절한다. 당신에게 전화번호를 알려줌으로써 자칫 이상한 말이 나오는 것이 싫기 때문이다. 나중에 당신과 엮여 그가 마음에 들어 하는 여자의 귀에 이런저런 소문이 들어가는 게 싫은 것이다. 분명히 그는 지금은 아니더라도 언젠가는 그가 좋아하는 그녀에게 마음을 표현할 것이다. 당신이 그랬던 것처럼 그녀에게 연락처를 물어볼 것이다.

여자들이 알아야 하는 남자들의 심리 중에 이런 것이 있다. 남자는 한번 눈에 들어온 여자가 있으면 죽이 되든 밥이 되든 그녀와 결말을 짓고 난 후에야 다른 여자가 눈에 들어온다.

흔히 여자가 먼저 다가가서는 안 된다고 충고한다. 하지만 그것은 머릿속이지 현실은 전혀 아니다. 좋아한다고 말만 하지 않는다면 여자가 먼저 다가간다고 이상할 것이 없다. 현실적으로 생각하기 바란다. 평생 그 사람 주변에 머물러 있다고 해도 그가 당신에게 관심을 갖지 않을 수 있다. 그가 바람둥이거나 나쁜 남자로 보인다고 지레 포기할 것인가? 그것이 진짜일 수도 있고 선입견일 수도 있지 않는가. 직접 그와 부딪쳐보는 것만큼 그를 가장 빨리 구별할 수 있는 방법은 없다.

정말 그가 나를 사랑하는 걸까

남자의 속성이나 심리와 관련된 글을 수없이 썼는데도 여전히 하루에도 몇 통씩 남자의 심리를 묻는 메일을 받을 줄은 몰랐다. 그때마다 나는 이렇게 반문한다.

'당신이 느끼는 남자의 진심은 무엇인가?'

'구체적인 가이드라인을 갖고 있는가?'

이것이 정해져 있지 않기 때문에 흔들리는 것이다. 그렇지 못하다 보니 다른 사람들에게 물어봐도 그것이 맞는지 틀린지 헷갈리는 것이다.

결론은 간단하다. 당신이 생각할 때 그가 진심이 아니라면 진심이 아니다. 그가 당신을 사랑하는 것 같지 않다고 생각한다면 그는 당신을 사랑하지 않는다. 이렇게 생각하는 것이 가장 편하다. 괜히 인터넷 검색이나 연애 블로그에서 남자의 진심이 드러나는 행동

유형 따위를 그에게 맞출 필요가 없다. 제발 '그는 이 유형이라서 나를 좋아하지 않는구나' 단정 짓지 마라. 연애는 정답이 없다. 당신도 알고 있고, 세상의 모든 사람들이 다 아는 말 아닌가. 사랑하는 방법 역시 정해진 것이 없다.

사랑만은 당신 스스로 결정해야 한다. 여기서 끝낼지 계속 이어갈지는 당신이 선택하고 결정해야만 한다.

헤어진 그를
못 잊겠어요

남자에게 일방적으로 이별 통보를 받았든 그가 다른 여자를 만나 당신과 헤어졌든, 중요한 것은 지금 당신 곁에 그가 없다는 사실이다. 이 사실부터 깨닫기 바란다. 당신이 아무리 발버둥치고 눈물 흘려도 그가 당신을 버리고 떠났다는 것은 되돌릴 수 없는 사실이다. 마음을 정리한다는 것은 힘든 일이다. 잊어야 하는 것이 얼마나 힘든 줄 안다. 그렇다고 그것을 평생 안고 살아갈 수는 없지 않은가. 그가 다시 돌아오기를 기다리고 있어서도 안 된다.

"시간이 약이다."

사람들은 당신에게 이런 말을 던질 것이다. 나도 이 말을 할 수밖에 없다. 어릴 때 아픈 기억이나 안 좋은 추억도 시간이 지나면 가물가물해지는 것처럼 머릿속에서 그가 지워질 때까지 기다릴 수밖에 없다. 눈물 흘리고 발버둥 친다고 그와의 기억이 빨리 지워지는 것은 아니다.

그리고 한 가지 더 조언하고 싶은 게 있다. 헤어지면 그것으로 끝이다. 괜히 그가 다시 연락해온다고, 그가 미안하다고 다시 사귀자고 해서, 그를 아직도 사랑한다는 이유로 그를 받아주는 바보 같은 짓은 하지 말기 바란다. 또다시 헤어질 확률이 90퍼센트 이상이나. 헤어지고 나서 오히려 잘된 커플이 있다고, 10퍼센트의 기적을 믿고 싶다고 그와 다시 사랑하는 사이가 되지 않기를 바란다. 그 남자 때문에 얼마나 힘들었는가? 또 다시 그를 사랑하면 그보다 힘든 일이 생길 테고, 그러면 더 힘들어지는 것은 당신 자신이다. 이것은 진리다.

지금, 힘들게 하는 것이 무엇인지 모르겠지만, 명심해야 할 것은 단 한 가지다. '무엇을 선택하든 그 결정에 후회하지 마라.' 나중에 이 말을 옳았다고 땅을 치고 후회할 일은 처음부터 만들지 마라. 후회하면 뭐하겠는가. 이미 엎질러진 물이고, 이미 돌아갈 수 없는 강을 건너버린 것이다.

익히고, 이해하고,
창조하고, 상상하라

연애할 때 잊지 말아야 할 네 가지가 있다. '익혀라', '이해하라', '창조하라', '상상하라'가 그것이다. 연애를 잘하려면 외워서라도 익혀야 할 것이 있고, 이해해야 할 부분이 있으며, 남들과 다르게 창조해야 하고, 상상을 실현할 줄 알아야 한다.

몸에 익어야만
대처할 수 있다

외모에 자신이 없다면 첫 만남 때 무조건 작은 선물이라도 준비하라. 그리고 그것을 재치 있게 풀어나간다면 분위기는 의외로 편안해진다. 당신에 대한 상대방의 호감도 급상승한다.

캔커피 하나를 예로 들어보자. 캔커피를 상대에게 건네라. 그러면 상대는 "고맙다"며 받을 것이다. 그때 이렇게 말해보라. "이 안에 약을 넣었어요." 그 말에 상대는 깜짝 놀랄 테고, 무슨 말인가 궁금해 할 것이다. 그때 이렇게 말해보라. "진짜예요. 제 얼굴이 잘생겨 보이게 하는 약요." 이 정도 베이스를 깔고 시작하면 상대는 긴장감을 풀기 때문에 편안한 마음으로 당신과 마주할 수 있게 된다. 그렇다고 캔커피로 그렇게 하라는 말은 절대 아니다. 요즘에는 커피 전문점들이 많아 캔커피를 건네면 상대는 자신을 무시하는 것으로 오해하기 쉽기 때문이다. '나를 뭐로 보고 이런 싸구려 커피를 주는 거야' 싶을 것이다.

기본을 익혔다면 방법은 장소와 시간, 상대에 따라 다양하게 변형할 수 있다. 다만 기본만은 결코 잊지 말아야 한다. 남자들의 경우 여자에게 꽃다발을 건네는 경우가 많은데, 이때 많은 남자들이 큰 실수를 한다. 한 아름이나 되는 꽃을 건네는 것이다. 아무리 여자들이 꽃을 좋아한다고 해도 들고 다니기 불편할 정도로 큰 꽃다발은 오히려 당신의 무신경을 자랑할 뿐이다.

레스토랑이나 커피숍에 가서 절대로 허둥대지 마라. 주문에 대한 압박 때문에 신경 곤두세우지 말고 천천히 즐겨라. 허둥댈수록 상대는 더 안절부절못한다. 당신이 느긋해야 상대도 마음 편하게 자리를 즐길 수 있다. 당신 자신이 부담된다고 해도 그것을 상대가 대신 짊어질 수 있는 것은 아니다.

당신도 낯선 고급 레스토랑이라면 종업원에게 맛있는 것을 추천받는 것도 한 요령이다. 억지로 고르려다가 무식을 들통 내지 마라. 아는 사람에게 물어보는 것은 부끄러운 것이 아니다. 오히려 그것을 숨기는 자신이 부끄러운 것임을 명심하라. 종업원이 추천한 음식이 입맛에 괜찮다면 상대는 레스토랑보다는 그것을 대접하는 당신의 퀄리티를 인정해준다.

레스토랑이 조용한 곳이라면 술집은 분위기를 띄울 수 있는 곳에 가는 것이 좋다. 술집이 너무 조용하면 분위기가 가라앉을 수 있기 때문이다. 그래야 가벼운 이야기도 나눌 수 있고, 당신이 미리 준비한 유머들도 유쾌하게 발휘할 수 있다.

처음 만난 그녀를 집에 데려다주는 것도 머리와 입에 익혀야 성공한다. 차가 있다면 절대 "데려다 드릴까요?" 이렇게 물어보지 마라. 그냥 편하게 "타세요"라고 말하는 것이 좋다. 그리고 이 한마디를 덧붙이면 더없이 좋다.

"저 그렇게 센스 없는 남자 아닙니다. 집이 어디냐고 물어보지 않을 테니, 집 근처까지만 말씀해주시면 데려다 드리겠습니다."

좀 더 체계적인 연애 방법을 배우고 싶다면 《연애의 신》, 《연애의 정석》을 추천한다. 연애할 때 잊지 말아야 할 것들을 정석에서 방법까지 잘 소개해놓아 연애 초보들에게 많은 도움이 될 것이다.

상대를 모르면서
어떻게 상대할까

말 그대로 남자는 여자를 알아야 하고, 여자는 남자를 알아야 한다. 왜 이처럼 당연한 말을 아무렇지 않게 언급하는지 아는가? 그것은 너무나 당연하면서도 상대를 이해할 수 없는 동물로 치부해버리는 사람들이 의외로 많기 때문이다. 연애 비법을 알기만 해도 상대가 얼마든지 넘어온다고 생각하기 쉬운데, 기술보다 중요한 것은 상대의 마음을 헤아리는 것이다.

이 때문에 특히 고생하는 것이 남자들이다. 나 역시 그랬다. 내가 연애 비법을 배울 때 멘토가 왜 내게 여성 잡지를 보라고 했는지 도무지 이해하지 못했다. 처음에는 읽으라고 해서 읽었는데 그런 정신 상태로 읽어봐야 들어올 게 하나도 없었다. 그래서 멘토에게 "왜 이런 것을 읽어야 합니까?"라고 반문했고, "이럴 시간에 비법을 하나 더 아는 게 중요하지 않습니까?"라고 따지기까지 했다.

그러자 멘토는 나를 한심해 하는 표정으로 바라보았다.

"네가 사귈 상대가 누구냐?"

"여자죠."

"그러면 당연히 여자에 대해 알아야지."

너무나 당연한 말이었지만 그래서 너무나 쉽게 잊고 마는 정답이었다.

"여자를 모르고 어떻게 여자와 사귀려고 하는 거지?"

내가 최근에 《서른에서 멈추는 여자 서른부터 성장하는 여자》, 《친구의 부케 받기도 지겨운 당신에게》, 《3년 안에 결혼하기로 마음먹은 당신에게》와 같은 책을 읽는 것도 여자를 이해하는 데 도움이 되기 때문이다. 여자들이 어떤 생각을 하는지, 그녀들의 트렌드는 무엇인지 알아야 대화가 통하고 그녀의 마음을 이해할 수 있다. 아울러 여자들이 좋아하는 화장품, 향수 등에 대한 기초 지식이 있다면 여자의 마음을 헤아리는 데 많은 도움이 된다. 코드가 맞다, 대화가 잘 통한다는 것은 상대에 대해 충분히 알기 때문에 가능한 것이다.

남들과 같으면 돋보이지 않는다

연애는 자기만의 비법이 있어야 한다. 남들이 하는 방법을 따라해서는 내 몸에 맞지 않은 옷을 입은 것처럼 자꾸 거슬린다. 그들의 방법을 배우는 것은 중요하지만, 그들이 성공한 것은 그들만의 노하우가 녹아 있었기 때문이다. 그들의 옷을 내 몸에 걸친다고 내가 그들처럼 되는 것은 절대 아니다. 그들의 비법이나 노하우 위에 자기만의 비법을 얹혀야 한다. 기본이 없으면 개성도 없다. 개성이란 어느 순간 갑자기 생기는 것이 아니라 기본이 쌓인 후에 자연스럽게 나타나는 것이다.

그렇다면 어떻게 자신만의 연애 비법을 만들 수 있을까? 자신을 철저하게 진단하는 것이 우선이다. 내가 가진 장점과 단점, 그리고 끊임없이 자신을 괴롭히는 콤플렉스 등을 그 누구도 아닌 자신이 분명하게 알고 있어야 한다.

나는 단점이 많다. 치아는 고르지 않고, 얼굴은 못생겼다. 애니

메이션 주인공인 슈렉이 걸맞을 정도다. 하지만 나는 고르지 않은 치아에 개의치 않고 상대방과 이야기하고, 슈렉 같은 외모를 당당하게 들고 다닌다. 숨기려고 하면 숨길수록 더욱 더 내 자신이 초라해진다는 것을 깨달았기 때문이다. 못생겼지만 자신감을 갖자 아무리 예쁜 여자를 만나도 충분히 마음을 끌어당길 수 있다는 당당하게 말하고 다닌다. 내가 생각해도 어떻게 그런 용기가 생겼는지 의아할 정도나. 너 의아한 섯은 그런 내게 호감을 갖는 여자들이 의외로 많다는 것이다.

내 얼굴이 잘생겼다면 화술을 배우기 위해 이렇게까지 노력하지 않았을 것이다. 얼굴이 잘생겼다면 옷을 잘 입으려고 노력하지도 않았을 것이다. 내가 못난 것을 너무나도 잘 알기에 나 스스로 창조했고, 나만의 연애법을 만들게 되었다.

연애 관련 책을 수없이 읽고 연애 리뷰를 보았지만 못생긴 얼굴로 성공하는 연애 비법은 없었다. 대부분의 연애 책들이 이렇게 해라, 저렇게 하라고만 할 뿐이었다. 그것은 외모가 어느 정도는 되어야 가능한 일이었다. '못생긴 사람은 연애하지 말라는 법도 없는데' 싶었던 나는 연애에 성공하고 싶었고, 그래서 그 누구도 아닌 나만의 연애 비법을 만들었다. 처음에는 이게 통할까, 괜한 일을 하는 게 아닌가 싶었는데 시간이 지나자 마법처럼 통했다. 정말 그랬다. 남들과 같으면 절대 돋보이지 않는다는 사실을 깨달았고 몸에 익자 자연스럽게 연애가 통했다.

나는 연애만 생각한다. 영화나 드라마를 보다가 괜찮은 대사가 나오면 그 즉시 적어둔다. 핸드폰을 꺼내 메모란에 적기도 하고 음성으로 녹음해두기도 한다. 언젠가는 써먹을 거라고 다짐하고, 그 대사에서 새로운 아이디어를 만들어내기도 한다. 그렇게 생각하니 그 대사가 더 빛나고, 머릿속에서 지워지지 않고, 그 때문에 온몸이 흥분된다.

상상하고
상상한 만큼 연습하라

누구나 도화지에 그림을 그려본 적 있을 것이다. 연필로 사시사철 늘 푸를 것 같은 나무를 그리고, 살 집을 그리고, 그 풍경을 만끽할 사람을 채운다. 그런 다음 각각에 어울리는 색을 입힌다. 연애도 마찬가지다.

그 사람과 함께 할 데이트를 상상해보라. 밥 먹고, 영화 보고, 차 마시는 것만 떠오르는가? 하지만 좀 더 깊이 들어가면 사소한 것들이 보이기 시작할 것이다. 그 세세한 하나하나를 떠올려보라. 그러면 당신이 준비해야 할 것이 의외로 많아질 테고, 당신이 생각하는 변수보다 더 많은 변수와 만나게 될 것이다. 그러다 보면 그 상황에 어떻게 대처해야 하고, 상대에게 호감을 갖게 하려면 어떻게 해야 하는지 떠오를 것이다.

나는 여자와 만나기 전에 반드시 거울과 대화를 나눈다. 데이트 상황을 그리면서 그녀에게 내가 해야 하고 싶은 말을 거울 앞에서 연습한다. 그녀에게 건넬 표정도 다양하게 지어본다. 이렇게 연습할수록 여자를 만날 때 자신감이 생기고 마음이 편해진다. 행동도 자연스러워진다. 아무런 연습도 하지 않은 채 무대에 오르는 것과 연습하고 무대에 오르는 것은 천지 차이다.

더구나 연습한 대로 이루어지는 법이다. 아무리 연습해도 상대를 만나면 달라지지 않느냐고 반문할 것이다. 어떻게 연애를 연습하느냐고 할지도 모른다. 편하게 만나고 그때그때 상황에 따라 변하는 게 연애라고 할지 모른다. 하지만 절대 아니다. 끊임없이 연애를 상상하고, 데이트를 상상하고, 그 상황을 상상하면 할수록, 그리고 그것을 몸에 익도록 연습할수록 그것은 반드시 눈앞에서 이루어진다.

상대와 만나기 전에 스토리를 상상하고 그 안에서 자신의 호감을 높이는 방법을 강구하라. 그리고 상상한 만큼 연습하라. 그러면 꿈은 반드시 이루어진다.

착각을 버려야
사랑이 다가온다

남자든 여자든 상대의 마음을 제대로 알지 못하면, 아무리 공 들인 탑도 인정받지 못한다. 이 때문에 남자는 어쩔 줄 모른다. 너무나 민감해 쉽게 깨질지 모르고, 그래서 보듬으면 오히려 거북해하고, 사랑을 몸으로 표현해주고 싶은데 못마땅해하고, 매년 돌아오는 날인데 이벤트를 열어주어야 하고……. 신경 쓸 게 많고, 그 때문에 트러블이 생기기도 한다.

여자는 남자가
챙겨주길 바란다

5월 14일. 이날 약속 장소에서 기다리고 있는 남자친구의 손에 있는 장미 한 송이를 발견한 여자라면 당연히 알고 있다. '오늘이 로즈데이라서 준비했구나.' 하지만 여자는 그것을 모른 척 연기한다. 속물로 보이기 싫기 때문이다. 그러고는 자연스럽게 남자친구에게 웃으면서 다가간다.

남자친구는 준비한 장미를 그녀에게 건네고, 그녀는 능청스럽게 이렇게 말한다.

"웬 장미꽃?"

남자친구는 "오늘이 로즈데이잖아"라면서 자기 행동에 흐뭇해할 것이다. 비록 장미 한 송이였지만 그 상황 자체를 즐기는 것이다. 여자는 "오늘 로즈데이니까 장미꽃 줘"라고 말하지 않아도 알아서 준비해놓고 기다리고 있는 남자를 좋아한다.

그런데 그날도 다른 날과 똑같이 행동하고, "우리 사이에 그런 게 필요해?" 한다면 사랑하는 그 앞에서는 "괜찮아. 이해해" 하겠지만 집에 돌아와서 후회할 것이다. 그의 사랑을 의심하기 시작할 것이다.

"사귄 지 1년이 지났지만 커플링 얘기도 꺼내지 않아요."

"서른 살이 넘었고 사귄 지 3년이 지났는데도 결혼 얘기는 언급도 안 해요."

이렇게 말하는 여자들의 속마음은 '이 남자를 계속 만나야 하나?'일 것이다. 여자는 모두 똑같다. 사랑하는 남자가 자신을 제대로 챙겨주지 않으면 사랑도 식어버린다. 여자는 사소한 것이라도 챙겨주는 남자를 좋아한다.

남자는 큰 것 하나 해주고 나서 그것으로 6개월이나 1년을 우려먹으려고 한다. 하지만 이것이 여자를 힘들게 한다. 여자는 100만 원짜리 원피스 한 벌 선물받았다고 해도 그 다음날 당신의 사소한 행동 때문에 마음이 상할 수 있다.

물론 100만 원짜리 원피스를 싫어하는 여자는 없다. 사소한 것을 아무리 챙겨주어도 특정한 날, 특별한 날에는 큰 것을 원한다. 더구나 여자는 주변의 시선을 의식한다. 여자친구에게 밸런타인데이 선물로 초콜릿을 보낼 때는 크고, 화려하고, 값비싼 것을 보내야 된다. 여자친구 주변에는 반드시 그것을 지켜보는 사람들이 있기 때문이다. 남자친구가 있다고, 그가 멋있게 생겼다고 주변 사람들에게 이야기했는데 초라한 초콜릿이 도착한다면 그 순간 그녀는 당황한다.

남자의 과거도 사랑할 수 있다

사랑하기 전까지 여자는 이성적이고 상식적으로 판단한다. 유부남과 사귈 여자는 없을 것이다. 바람둥이와 사귈 여자는 없을 것이다. 여자친구가 있는 남자와 사귈 여자도 없을 것이다. 그런데 여자들 중에서 지금 이런 사랑을 하고 있는 이들이 의외로 많다.

그렇게 똑똑하고 그렇게 현명했던 여자가 어떻게 그처럼 바보가 되었을까? 왜 그런 선택을 했을까? 대부분 문제는 남자에게 있다. 그는 그녀에게 다가갈 때 유부남이라고 말하지 않았다. 자신이 바람둥이라고 말하지도 않았다. 여자친구가 있다고 하지도 않았다. 그의 거짓말이 그녀를 바보로 만든 것이다. 이런 현실을 알았다면 이 남자와 헤어져야 한다. 그런데 여자는 쉽게 헤어지지 못한다.

'그가 없으면 나는 어떻게 살아갈까?'

이렇게 한 곳만 바라보는 것이 여자의 사랑이다. 여자는 그를 믿은 것밖에 없다. 그가 거짓말을 했어도 '말 못 할 사정이 있겠지', '내가 이해해줘야지' 생각한다. 이런 남자와 헤어지는 것이 정답임을 모르는 것은 아니다. 헤어져야 자기가 편안하다는 것을 모르는 것도 아니다. 하지만 헤어지는 것이 두렵다. 그리고 시간이 지나면 결국에는 확인 사살 당하고 만다. 그래도 여전히 그를 그리워하고 또 그리워한다. 그래서 이런 말이 생겼는지도 모른다.

"나를 웃게 해준 남자보다 나를 눈물 나게 해준 남자가 더 기억에 남는다."

여자들의 사랑이 이렇지만, 반대로 여자들은 현실을 깨우치면 빨리 일어선다. 그리고 그 남자에 대한 그리움과 아쉬움을 잊기 위해 새로운 남자를 만난다. 여자의 가슴속에 사랑이라는 방은 하나만 존재하기 때문이다.

여자는
느낌으로 사랑한다

남자들에게 육체적인 관계는 사랑을 확인하는 것이다. 그래서 남자들은 여자도 그럴 것이라고 생각한다.

'그녀와 육체적인 관계를 하지 않으면 내가 그녀를 사랑하지 않는다고 믿는다.'

정말 그럴까? 이런 남자들의 생각도 어느 정도 이해할 수 있다. 육체적인 관계를 맺고 난 후에 여자들은 남자에게 더 잘해주기 때문이다. 연락도 더 자주 하고, 더 많이 챙겨주고, 문자도 더 많이 보내고, 더 보고 싶어한다.

하지만 그런 남자들에게 알려주고 싶다. 여자는 육체적인 관계를 통해 사랑하는 것이 아니라 사랑하기 때문에 육체적인 관계까지 허락한 것이다. 그녀는 당신을 사랑하고 있기에 당신이 육체적인 관계를 요구할 때 사랑하기 때문에 그녀가 못 이기는 척 허락한 것뿐이다.

한 가지 더 언급하고 싶다. 여자들은 대부분 육체적인 관계를 별로 좋아하지 않는다. 남자들이라면 남녀가 모텔에 가는 이유는 육체적인 관계뿐이라고 생각한다. 하지만 여자가 그와 그곳에 머무르는 이유는 그와 함께 있고 싶어서다. 내가 좋아하고 내가 사랑하는 남자가 내 곁에 같이 있다는 것, 그것이 더 중요한 것이다. 그의 넓은 어깨에 얼굴을 묻고, 그의 팔베개를 받으며 함께 있다는 것, 그것이 여자에게는 로망이다. 그래서 여자들이 육체적인 관계를 나눈 후 볼일 다 끝났다고 등 돌려 자는 남자를 경멸하는 것이다.

여자들은 키스와 포옹을 상당히 좋아한다. 하지만 남자가 키스할 때 무조건 혀를 잡아넣는다고 여자들이 좋아하는 것은 절대 아니다. 핵심은 여자가 하는 행동을 느끼는 것이다. 여기저기 침을 묻혀가면서 앞으로 돌격한다고 그것이 달콤한 키스가 되는 것은 절대 아니다.

한 가지 덧붙인다. 남자들이여, 그녀와 포옹을 자주 하라. 대한민국 남자들은 포옹에 인색하다. 내가 미국에 거주할 때, 남자와 여자가 포옹하는 장면을 길거리에서 눈에 밟히도록 보았다. 그렇다고 당신도 길거리에서 거침없이 포옹하라고 말하는 것은 아니다.

여자가 남자의 넓은 가슴에 안긴다는 것이 얼마나 로맨틱한가. 귀로 전해지는 그의 따뜻한 숨소리, 따뜻하게 전해오는 온기, 가슴이 터질 듯이 감싸는 그의 두 손……. 여자들이 좋아하는 스킨십은 이런 것이다.

내가 연애하는 방법을 몰랐을 때, 여자에 대해 몰랐을 때 이 글을 읽었다면 이렇게 말했을 것이다. "얼굴 잘생기고 돈 있으면 이런 것 알지 않아도 여자들이 알아서 붙는다.", "이런 것 몰라도 연애하는 건 문제 없다." 하지만 아무리 얼굴이 잘생기고, 돈이 넘쳐나도 붙잡지 못하는 이성도 있다. 그때는 그 사람에 대해 알아야 하고, 평소와는 다르게 다가가야만 한다. 그렇지 않으면 그 사람을 놓칠 수 있다.

사랑받기 위해
해야 할 것들

'그에게 사랑받는 법!', '남자를 사로잡는 방법!'……. 인터넷에 떠돌아다니는 이런 제목을 많이 보았을 것이다. '뻔한 이야기 또 하는 거 아니야?' 그러면서도 왜 이런 글을 클릭하게 된다. 그러나 남는 게 없다. 뻔한 이야기만 하다 보니 현실에 적용해보았자 결과도 뻔하기만 하다. 사랑받고 싶은데, 뻔하지 않은 방법은 없는 걸까?

그를 인정해주고
띄워주어라

괜찮은 남자를 소개받아 같이 밥을 먹으러 갔다. 분위기가 있는 곳으로 안내하는 남자. 여기서 당신이 먼저 꺼내야 할 말은 무엇일까?

"여기 분위기 좋은데요."

그러면서 눈웃음 한 방 날려주면 된다.

그런데 그곳에서 자신의 격이 다르다는 것을 보여주려고 자주 왔던 것처럼 말한다면 그가 당신의 격을 진심으로 인정해줄까? 여자들 사이에는 묘한 경쟁 심리가 있고, 동성에게 지지 않으려는 마음은 충분히 이해한다. 그런데 그것을 왜 이성인 그 앞에서 드러내는가?

첫인상이 마음에 들고 괜찮다고 생각한 남자와 커피숍에서 소개팅을 했다. 그도 마음에 들었는지 식사하러 가자고 한다. 끝내주게 맛있는 집이 있다고 강조한다. 그런데 그곳에 가보니 허름하기만 하다. 기대와는 정반내여서 '처음 만났는데 이런 데를 데리고 오다니……' 실망하기도 할 것이다. 그렇다고 대놓고 표정을 일그러뜨린다면 공 든 탑이 한순간에 무너지고 만다.

"몇 십 년 내려온 집 같은데요."

맞장구라도 쳐줄 일이다. 음식점이든 술집이든 그에게 중요한 것은 그 음식점이 그에게 소중한 곳이고, 그곳에 당신을 데리고 갔다는 것이다.

영업하는 사람들이나 접대 업무를 하는 사람들은 사람을 만나는 게 일이지만 사람을 만나는 일만큼 힘들고 짜증나는 일도 없다. 저마다 취향이 다르고 저마다 원하는 것도 다르다. 그 한 사람 한 사람에 맞추어 영업하고 접대한다는 것은 여간한 일이 아니다. 그런 그들에게 가장 기쁜 순간은 접대 받는 사람이 접대하는 사람의 마음을 알아줄 때다. "덕분에 오늘 기분 좋게 보냈습니다" 한 마디 해주면 지금까지 힘들고 짜증나고 괴로웠던 것들이 한 방에 날아간다.

음식점을 운영하는 이들이 가장 기분 좋고 보람을 느끼는 때가 언제일 것 같은가? 차린 음식을 손님이 맛있게 먹어주고, 계산하면서 이런 말을 해줄 때다.

"정말 맛있네요. 다음에 또 올게요."

새벽부터 일어나 음식 준비하고 온종일 힘들었던 일들이 모두 말끔하게 사라지고 음식 장사하는 보람도 느낀다. 남자도 똑같다. 등심을 사줄 수는 없지만, 대신 사주는 삼겹살을 맛있게 먹어주는 여자와 함께 할 때 그녀를 사랑하지 않을 수 있겠는가.

당신의 표현 하나에 그가 실망할 수도 행복할 수도 있다는 사실을 명심하기 바란다.

적극적으로
기뻐하고 행복해하라

큐빅이 박혀 있는 머리핀을 선물한다고 해보자. 머리핀을 선물할 때 그것을 받는 여자의 행동이나 말에서도 그녀를 즉시 간파할 수 있다.

일반적인 여자라면 "고마워", "예쁘다"면서 그것을 곧바로 핸드백에 넣는다. 당연히 받아야 되는 것을 받는 투여서, 더 이상 만날 마음이 생기지 않는다. 남자를 만난 경험이 어느 정도 되고, 애교도 부릴 줄 아는 여자는 그것을 바로 머리에 꽂아보면서 "나 예뻐?", "괜찮아?", "어울려?" 물어보고, 행복한 표정을 짓는다. 이런 여자라면 충분히 만날 마음이 우러난다.

남자를 사로잡을 줄 아는 여자는 다르다. 그것을 꿰뚫어보고 행복해하고 그 다음 이런 멘트로 상대를 들뜨게 한다.

"예전에는 남자들이 이런 것 선물해줘도 안 받았고 기분도 좋지 않았는데, 이거 받는 순간 왜 이렇게 기분 좋지?"

이 말을 듣는 그의 기분이 어떻겠는가?

여자들은 남자에 대해 다 아는 듯하지만, 오히려 남자를 몰라도 너무 모른다. 남자들은 "너 같은 여자는 처음이야", "나 이런 기분 처음이야"라는 말을 자주 한다. 그런데 여자들은 이런 멘트에 너무나도 인색하다.

먼저 표현하는 것이 여자의 매너가 아니라고 하지만, 과장해서라도 표현해주는 것이 그를 감동시키고 사랑받는다. 그가 당신에게 무언가를 해주었을 때, 조금이라도 마음을 부풀려 표현해줄 때 그는 고마워한다. 내 마음을 알아주는 여자라며, 당신에게 모든 것을 기꺼이 바치겠다고 결심한다.

누구도 아닌
스스로를 사랑하라

키 168센티미터, 몸무게 50킬로그램. 완벽한 스타일과 외모로 무장한 채, 선글라스를 끼고 하이힐 소리에 리듬을 맞추어 꼿

꼿하게 걷는 여자. 남자들은 대부분 이런 여자에게 시선을 고정한다. 그 여자는 그런 시선을 즐기는 듯 천천히 걸으며 아이쇼핑을 한다.

그 여자의 당당함은 어디서 나오는 걸까? 바로 자기 자신에 대한 노력 때문이다. 꾸준히 다이어트하고, 패션 화보를 보면서 패션 감각을 키우고, 액세서리 하나까지 몸에 맞춘다. 그만큼 연구하고 노력하기 때문에 사람들의 시선을 받아도 자신감이 있고 당당한 것이다. 이 글을 읽는 여자들 중에서 청담동이나 압구정동을 당당하게 걸어다니면서 사람들의 시선을 즐길 수 있는 사람이 얼마나 될까? 스스로에게 자신감이 없으면 남들 앞에서 당당하지도 못하다.

다들 처음에는 자신이 예쁘다고 생각할 것이다. 하지만 몇 번의 시련과 아픔을 겪고 나이가 들면서 현실을 인식하게 된다. 그러면서 스스로를 아무렇게 방치한다. 헝클어진 헤어스타일, 펑퍼짐한 옷, 구겨 신은 구두……. 그런 여자를 누가 좋아하고 사랑하겠는가? 왜 스스로를 남자에게 사랑받을 수도 없고, 남자에게 맨날 이용당하기만 하는 존재로 전락시키는가?

집에서 매일 윗몸 일으키기를 하는가? 저녁 여섯 시 이후에는 물을 제외한 아무것도 먹지 않는가? 피부 재생 시간을 지키면서 충분히 수면을 취하는가? 집에 돌아오자마자 침대나 소파에 드러누워 밤늦게까지 드라마 보고 눈물까지 흘리는 신파극은 이제 그만하라.

여자의 경쟁력은 외모에서 시작한다. 남들보다 피부가 좋아야 하고, 남들보다 몸매가 좋아야 하고, 남들보다 좀 더 동안으로 보여야 하고, 스타일도 남들보다 좀 더 좋아야 한다. 지금 당신이 예쁘다고 해서 그것이 영원한 것은 아니다. 어렸을 때는 누구보다 예뻤는데 나이가 들면서 이상하게 변해가는 이들을 보면서 당신도 그렇게 되시 않을까 불안하지 않은가?

'이런 내 모습을 좋아해줄 남자가 있을 거야.'

이렇게 생각한다고 나무랄 사람은 없다. 그것도 개성이니까. 하지만 당신이 그렇게 생각하는 순간 당신을 좋아해줄 남자, 당신을 사랑해줄 남자는 기하급수적으로 줄어든다는 사실을 알기 바란다.

남자에게 사랑받는 여자들은 다르다. 남자들이 늘 끊이지 않는 여자는 다르다. '저 여자는 예쁘니까 남자들이 있는 게 당연하다'고 생각한다면 자신이 얼마나 바보 같은 줄 아는가? 여자는 외모 플러스알파여야만 남자에게 사랑받을 수 있다. 이는 이론이 아니라 진리다.

당신이 바뀌어야
세상이 바뀐다

'그에게 사랑받고 싶다'. '내가 원하는 그와 진짜 사랑을 하고 싶다'······.
여자라면 누구나 이렇게 생각할 것이다. 그런데 어떻게 해야 사랑받을 수 있을까? 남
자들이 원한다는 청순가련, 여우, 현모양처······. 이렇게 되었다고 해서 사랑을 이끌어
낼 수 있을까?

감당할 수 없으면
만나지 마라

여자라면 누구나 백마 탄 왕자에 대한 환상을 가지고 있
다. 물론 나이가 들면 현실 속의 남자를 찾겠지만, 그 현실 속의 남
자를 찾는다고 해도 자신보다 나은 남자를 찾는다.

당신에게 백마 탄 왕자로 불릴 만한 남자가 나타났다. 그가 당신
에게 좋아한다고, 사랑한다고 말한다.

'그는 정말 나를 좋아해서, 사랑해서 이러는 걸까?'

대부분의 여자들은 백마 탄 왕자가 왜 내게 다가왔는지 고민하

지 않는다. 훈남에 키도 크고, 연애 경험도 있는 것 같고, 거기다가 능력까지 있는 그가 왜 나 같은 여자를 좋아하는 걸까? 궁금하고 의심도 하게 될 것이다. 용기를 내어 물어보기도 할 것이다. 그때 그는 어떻게 대답할까? 그때 그는 당신의 신체 부위나 성격, 특징을 언급할 것이다. 그게 끝이다. 그래도 당신은 그의 말을 그대로 믿어버린다.

그를 몇 번 만나면서 그를 놓지지 않으려고 발버둥 친다. 백마 탄 왕자이기 때문에 잘해줄 수밖에 없고, 그에게 헌신할 수밖에 없을 것이다. 그렇게 시간이 흘러 그의 애정이 식으면 당신은 점점 더 힘들어지고 나중에는 헌신한 만큼 헌신짝으로 버려진다. 당신 자신이 그를 컨트롤할 수 없다는 것은 그가 다른 여자를 만날 수 있는 여지를 남겨둔 것이나 다름없다.

당신은 그에게 빠졌고, 그럴수록 그는 점점 더 당신이 감당할 수 없을 정도로 큰 산이 되고 말았다. 그래도 여전히 당신은 그가 당신과 같이 있는 것만으로 좋고, 같이 마주보고 있는 것만으로도 행복하다. 하지만 당신이 삐지거나 화를 내도 그가 전혀 불안해하지 않고 미안한 기색이 전혀 없는데 왜 여전히 그를 만나고 있는가? 당신이 감당할 수 없는 남자라면 힘들더라도 버려야 한다.

과감하게 버려라. 아깝더라도 버려야 한다. 힘들더라도 버려야 한다. 다시는 그런 남자를 만나지 못할 거라고 걱정해도 과감하게 포기하라. 마음의 준비를 하고 끝내는 것이 덜 아프다. 미처 준비하지 못한 채 한순간에 끝나버리면 허무함까지 당신 혼자 껴안아야 한다. 더 아플 수밖에 없고, 사랑이라는 단어에 환멸감을 가질 수밖에 없다.

사랑은 결코
일방통행이 아니다

　　　서로 사랑해 사귀는 것 아닌가. 서로 사랑해 연인 사이가 된 것 아닌가. 그래서 스킨십도 하고, 기념일도 챙기고, 그와 미래를 꿈꾸는 것 아니겠는가. 누구나 다 알고 있는 사실이다. 그런데 이것을 알고 있으면서 왜 모르고 사는가? 그런 사람을 지켜볼수록 나는 짜증나고 화가 난다.

　사랑이라는 단어로 모든 것을 다 감싸 안으려고 하지 마라. 만약 당신이 열 개를 주었다면 최소한 두세 개는 받아야 한다. 열 개를 주었지만 그가 아무것도 주지 않는데 여전히 '내가 사랑하니까, 내가 좋아하니까. 괜찮아' 넘어가버리는 것이 진짜 사랑이라고 생각하는가? 장담하건대 열 개를 주었는데도 하나도 주지 않는 남자는 100개를 해주어도 당신에게 한 개도 주지 않을 것이다.

　그럴 때는 이것저것 해달라고 대놓고 말해도 된다. 당신이 해준 것이 많으면 많을수록 대놓고 말해라. 그가 당신의 요구를 무시해버리거나 반응이 없다면 그는 당신을 사랑하지 않는 것이다. 왜 당신만 그를 이해해주고 잘해주어야 하는가? 그가 당신에게 투자하고 노력할수록 당신에 대한 사랑도 깊어진다는 것을 명심하기 바란다.

당신을 버린 이유를 알고 있는가

우리는 사기꾼에게 사기를 당하면 사기꾼을 탓한다. '그 돈이 어떤 돈인데……', '그 돈이 어떻게 모은 돈인데……' 사기꾼을 원망하고 원통해한다. 모두가 사기꾼 탓이다.

그런데 왜 사기를 당한 자신을 탓하지 못할까? 사기꾼은 사기 당하기 수월한 사람에게 사기를 친다. 왜 한 번이라도 그가 나를 속이는 것은 아닌지 의심하지 않는가? 당신이 지금 나쁜 길을 가고 있다고 생각하지 않는가? 왜 저승사자와 하이파이브를 하고 있다고 생각하지 못하는가?

사랑도 마찬가지다. 뻔히 보이는 결과인데, 나중에 이별을 통고받을 게 눈에 보이는데 왜 혼자만 모르는가? '나는 잘못한 게 없다. 남자를 잘못 만나서 그런 거'라고 생각해버리고 혼자 그것을 삭이고 있는가? 그럴수록 배신감에 울부짖는 것은 그가 아니라 당신 자신이다. 맨날 차이는 사람은 여전히 맨날 차이는 법이다. 남자를 만날 때마다 그에게 헤어지자고 먼저 말하는 여자, 그에게 헤어지자는 말을 듣는 여자……. 한 글자의 차이지만, 그것은 하늘과 땅 차이다.

왜 내가 차였는지, 왜 내가 차일 수밖에 없는지 이유는 정확하게 알아야 된다. 그것이 당신의 연애를 단단하게 만들어준다. 두 번 다시 사랑에 실패하지 않게 만들어준다. 이별 뒤에 눈물만 흘려서는 안 된다. 자신을 냉정하게 돌아볼 줄 알아야만 한다.

여자들은 여우같은 여자가 되어 남자에게 사랑받기를 원한다. 연애 관련 블로그나 서적, 리뷰에서도 수없이 그 방법을 알려준다. 그런데도 여전히 그 방법대로 이루어지지 못하는 것은 남자를 선택하는 기준과 남자를 보는 눈, 남자와 사랑하는 방식에 문제가 있고, 그것을 여전히 고치지 않기 때문이다. 그럴수록 미련 곰탱이 소리를 듣는 것이다. 살고 싶으면 스스로 숟가락을 들고 밥을 퍼야 한다. 부모가 숟가락을 쥐는 방법을 가르쳐주겠지만 밥을 푸고 입에 가져가는 것은 자신이다.

똑똑하게 살고
현명하게 사랑하라

상담 메일을 받다 보면 이런 글이 자주 눈에 띈다. "나는 늘 퍼주기만 하는 것 같아요", "나는 늘 당하기만 하는 것 같아요"……. 소심한 남자에게 아무리 남자다움을 강조해도 고쳐지지 않는 것처럼, 머릿속에 낭신만의 사랑법이 굳어버리면 쉽게 고쳐지지 않고 그럴수록 악순환만 반복한다.

외로워서 남자를
만나는 당신에게

누구에게나 외로움은 있다. 만나는 친구들마다 남자친구를 만나고, 그들이 남자친구로부터 선물을 받았다고 하면 '나는 왜 저런 남자친구가 없을까?', '내가 저애보다 못난 것도 아닌데 왜 나만 남자친구가 없을까?' 생각할 것이다. 그래서 주변 사람들에게 소개팅을 시켜 달라고 말하고 농담 반 진담 반으로 부탁할 것이다.

그렇게 해서 운 좋게 좋은 남자를 만나 데이트 중이라고 가정해보자.

그런데 그 남자가 마음에 들면 들수록 여자는 조급함을 느끼게 된다. 지금 이 남자를 놓치고 싶지 않다는 생각이 머릿속에 가득 차 있다 보니 이 남자와 어떻게든 잘해보려는 마음이 앞서 그를 이성적으로 판단하지 못하고 만다. 그것을 부추기는 것이 지금 당신이 앓고 있는 외로움이다.

여자들이 외로움을 가장 많이 느낄 때가 언제일까? 단짝처럼 붙어 다니고 놀러 다니다가 어느 순간에 남자친구가 생겼다며, "주말에 남자친구 만나야 된다"고 말하는 친구를 볼 때다. 그때 그 친구가 미우면서도 자신도 빨리 좋은 남자를 만나고 싶은 조급증이 생긴다.

이렇게 해서 남자를 소개받고 그가 마음에 들면 그에게 서둘러 마음을 준다. 그러다 보니 자신도 모르게 육체적인 관계도 서두르게 된다. 더 이상 외롭게 보내지 않기 위해 그를 잡아야 된다는 생각이 강하게 작용한 것이다. 하지만 쉽게 얻는 여자일수록 쉽게 질리고, 쉽게 얻는 마음일수록 쉽게 버릴 수 있는 것이 남자들이다.

충분히 검토해보고, 충분히 검증해보고, 충분히 그 남자의 행동을 비교해보면서 사랑을 확인해도 되는데도 불구하고 그가 떠날까 봐, 그가 갑자기 연락을 끊지나 않을까 겁이 나고, 외롭게 지내는 것이 싫어 그에게 쉽게 사랑을 주는 실수는 절대로 하지 말기 바란다.

사랑할 때는
상식을 넘지 마라

간단하게 생각해보자. 100만 원을 누구에게 빌려주었다. 그에게 100만 원을 다 받지 못하고 50만 원만 받았다면 당신은 50만 원을 손해 보는 것 아닌가. 그가 정말 좋은 사람이고, 나중에 받을 수 있으리라 짐작하고 50만 원만 받아도 그만이라고 생각할 수도 있다. 하지만 분명히 그는 당신에게 100만 원을 빌렸고 언제까지 갚아준다고 말했다. 그런데 왜 당신은 50만 원만 받고 체념해버리는가?

상식적으로 생각해 당신은 이자까지는 바라지 않더라도 원금 중 나머지 50만 원을 당연히 받아야 된다. 하지만 당신은 그 50만 원을 그 사람을 좋아하기 때문에, 그 사람을 이해하기 때문에 받지 않아도 그만이라고 생각해버린다. 그런 당신의 마음이 그를 감동시켜 그가 서둘러 50만 원을 되돌려줄 것 같은가? 아니다. 당신이 체념할수록 그 나머지 돈을 받기는 애당초 글렀다.

당신의 연애도 그렇지 않은가? 그럴수록 당신은 항상 그 남자를 이해해줘야 되는 입장에서 연애할 수밖에 없다. 그럴수록 당신은 이런 단서를 달고 다닌다. '내가 더 사랑하니까.'

사랑하면 그렇게 바보같이 행동해도 된다고 누가 말하는가? 사랑은 위대한 것이므로, 사랑은 희생정신을 요구하므로 그렇게 행동하는 것에 어떠한 후회도 없다고 생각하기도 할 것이다. 지금 그도 당신에게 사랑을 주고 있다고 확신하고 있을 것이다. 하지만 이별이 현실이 되었을 때 당신은 자신의 행동에 후회하지 않을 자신이 있는가? 그가 당신을 떠나간 것도 화가 나겠지만, 자신의 우둔함을 생각하면 더욱 더 화가 날 것이다.

"내가 그에게 어떻게 해주었는데……."

여자들이 이별 후에 늘 하는 말이다. 그때 가서 눈물 흘리고 아파한다고 상황을 되돌릴 수 있는 것은 아니다. 초라해진 자신의 모습을 거울 속에서 확인하는 것밖에 없다. 퉁퉁 부은 눈, 푸석해진 피부, 속 쓰린 오장육부……. 당신에게 남는 것은 그것뿐이다.

상식적인 행동을 넘어서지 않는 범위에서 사랑해도 이렇게 슬픈 것이 현실이다. 그런데 그 상식을 벗어나는 행동을 밥 먹듯이 하고 말았다면, 그 누구를 원망하고 그 누구를 탓하겠는가. 결국 모든 화의 근원은 당신 자신일 뿐이다.

나를 돋보이게 하는 것은 나 자신

연봉이 4,000만 원 정도 되는 여자가 회사 사정으로 실직한 후 다른 회사에 면접을 보게 되었다. 그 회사는 그녀에게 연봉을 2,000만 원밖에 주지 못하겠다고 말한다. 그때 그녀가 울며 겨자 먹기로 그 연봉을 받는다면 그녀는 기적이 일어나지 않는 한 앞으로 동종업계에서 2,000만 원의 가치밖에 되지 못한다.

충분히 연봉 4,000만 원짜리 회사를 찾을 수 있는데 그런 회사가 더 이상 없다는 이유로, 조급한 마음에, 더 노력해보지도 않은 채 2,000만 원에 안주하고 말았다. 자신의 가치를 자신이 스스로 놓아버린 것이다.

내가 왜 이 이야기를 꺼내는지 알겠는가? 연애도 배우면 늘고, 꾸미면 꾸밀수록 매력도 커지는 법이다. 그런데도 혹시 지금, 현실에 안주해 그런 것에 전혀 신경 쓰지 않으려고 하지는 않는가? 남자들이 여자를 사귀려고 픽업 기술을 배우고, 연애 관련 책을 열심히 읽고, 몸을 단련시키는데, 당신은 지금 무엇을 하고 있는지 돌아보기 바란다.

예쁜 옷 입고 화장만 잘하면 남자들이 알아서 몰려올 것 같은가? 당연히 예쁘면 남자가 알아서 붙는다. 하지만 그를 사랑한다면 그에게 모든 것을 주고 나서도 그가 당신만 바라보게 해야 한다.

내년까지 1억 원을 모으기로 계획했다고 해보자. 그러면 한 달에 얼마씩 돈을 모아야 하고, 한 달 수입에서 지출을 얼마나 줄여야 할지 계획을 세우고 행동으로 옮길 것이다. 1억 원에 대한 재무설계를 세우고 실천할 것이다.

그런데 왜 남자는 설계하지 않는가? "이런 남자가 아니면 절대로 결혼하지 않을 거야" 말하고 다닌다고 원하는 남자가 생기는 것이 아니다. 그런 남자와 연애하고 결혼하려면 어떻게 해야 되는지 그것을 알아야만 한다. 그만큼 자신의 가치를 높여야 한다.

"저는 몸매가 예쁘지 않아요."

그러면 지금 헬스클럽에 가서 최소한 6개월이라도 꾸준하게 운동해보라.

"저는 화장을 잘 못하겠어요."

그러면 인터넷에 뒤져서라도 화장하는 방법을 찾아내라.

그것을 한 번이라도 찾아보고 한 번이라도 해보고 자신에게 맞는지 맞지 않는지 말하라. 당신은 당신의 단점과 부족한 것을 알고 있으면서도 자신이 여자이기 때문에 남자가 알아서 오겠지 생각하지는 않는가? 당신 자신이 깨닫고 실천하지 않는 한 현실은 절대로 바뀌지 않는다.

사랑할수록
인생도 성숙해진다

사랑은 참 묘하다. 다른 사람이 옆에만 있어도 귀찮아하던 사람도 사랑하게 되면 딴 사람으로 변한다. 평소에는 후줄근해 보이던 사람이 어느 순간 훈남이 되고, 핑퍼짐하게 입고 다니던 여자가 몸매와 헤어스타일, 옷차림 하나에도 눈길을 주는 것도 사랑 때문이다. 사랑하는 사람에게 베풀고 싶고, 그 사람을 아끼는 마음이 스스로를 새롭게 변화시킨다. 아무리 힘든 게 사랑이라고 해도, 사랑하는 사람과 그렇지 않은 사람은 분명히 다르다.

잘 보이려는 마음이
나를 바꾸다

여자든 남자든 이성을 만나고, 그 사람을 좋아하게 되면 그에게 잘 보이려고 노력한다. 그 노력은 자신이 평소에 하지 않았던 것일 테고, 새롭게 시도해보는 것이기도 하다. 이렇게 하는 동안, 상대에게 잘 보이려는 노력이 자신을 돋보이게 하는 결과로 이어진다. 그것은 내 경험이 여실히 보여준다. 젓가락질이 그 한 예다.

나는 어릴 때 젓가락질이 서툴렀고, 음식을 먹을 때마다 쩝쩝대는 소리까지 냈다. 부모님보다는 할머니 밑에서 자란 횟수가 많은 탓일 수도 있고, 2대 독자라서 귀하게 자란 이유였을지도 모른다. 그때는 젓가락질을 제대로 배울 생각도 하지 않았고, 어른들로부터 쩝쩝대며 먹는다는 말을 들어도 모른 척하며 넘어가곤 했다.

그 당시 부모님이 다른 식구들과 외식을 한다고 하셨다. 그 집과 왜 외식을 같이 해야 하는지 이유는 알 수 없었다. 그런데 문제는 그 집 식구 중에 내가 좋아하는 여자애가 있었다는 점이었다.

어른들 앞에서 젓가락질 못한다고, 음식을 쩝쩝대며 먹는다는 말을 수없이 듣던 나로서는 정말 큰일이었다. 그 애가 내 젓가락질 하는 것을, 그렇게 먹는 것을 본다면 나를 싫어하지 않을까 걱정이 앞섰다. 외식까지는 열흘이나 남았다. 하지만 내게는 그 열흘이 한 시간 뒤의 일처럼 다급했다.

그래서 나는 젓가락 잡는 법부터 젓가락으로 음식을 뜨는 법, 먹는 법까지 하루에 여섯 시간씩 연습했다. 아무리 어리더라도 몸에 익은 것을 바꾸기란 여간한 일이 아니었다. 하지만 바꾸지 않으면 안 되었고, 반드시 바꾸어야만 했다. 그렇게 한 이유는 단 한 가지였다. 그 애에게 잘 보이고 싶었고, 그 애의 부모님께 흠을 잡히고 싶지 않아서였다.

그 결과 지금 나는 완두콩도 능수능란하게 잡을 정도로 젓가락질을 잘하고, 점잖게 먹는다는 말까지 듣는다. 그때를 놓치고 말았

다면 나는 지금도 여전히 남들과 식사하러 갈 때마다 신경이 곤두
섰을 테고, "아직도 젓가락질을 제대로 못하다니", "칠칠맞게 먹
는다"는 말을 들었을 것이다.

살을 빼자 그녀가 내게 왔다

내 키는 186센티미터이고, 몸무게는 80킬로그램을 유지하
고 있다. 그런 나도 한때 몸무게가 105킬로그램을 웃돈 적이 있었
다. 열아홉 살 전후였을 것이다. 당시 나는 내 몸무게에 대해 걱정
하지 않았다. 그 정도는 건강한 축이라고 생각했을 정도였다. 덩치
가 있어 보이고, 어느 정도 살이 붙은 것이 보기에도 좋다고 생각했
다. 체질이야 바꾸지 못하는 것이라고 생각했다. 그런 내가 지금 80
킬로그램을 유지하고 있는 것은 열아홉 살 당시에 만난 한 여자 때
문이다.

그녀는 그때 내가 살아 있는 이유 그 자체였다. 그토록 눈이 부
시게 아름다운 여자를 보지 못했고, 그런 여자가 내 주위에 살고
있다는 사실 자체에 너무나 황홀했다. 그래서 그녀에게 내 모든 것
을 바치고 싶었고, 다른 남자가 그녀에게 있지는 않나 안절부절못
하기도 했다. 그녀는 어느 누구도 절대 만져서는 안 되는 나만의
보물이라고 생각했다.

그런 어느 날, 그녀가 내 마음을 알아주었는지 내게 다가왔고, 이런 말을 건넸다.

"넌 좋은 애 같은데 뚱뚱하지만 않으면 사귈 수 있을 텐데……"

그때까지 나는 동네 아줌마들이나 아저씨들에게 장군감이라는 말을 들었다. 부모님이나 친척 분들도 다들 내가 보기 좋다고 하셨다. 나도 내 몸이 그런 줄 알았다. 그런데 내가 좋아하는 그녀로부터 그런 말을 듣자마자 어른들의 말은 온 데 간 데 없이 사라지고 말았다. 그 말이 치욕으로 들렸다. 그 말들은 더 이상 내 귀에 들어오지 않았다. 단지 그녀가 내 몸을 부담스러워하고, 그녀와 사귀려면 살을 빼야 한다는 사실만 내 머릿속을 가득 채웠다.

그녀가 그 말을 한 후부터 나는 몸무게를 감량하기 시작했다. 부모님은 그런 나를 안쓰러워하셨고 별스러운 일이라 하셨지만 내게는 그녀만이 중요했다. 그렇게 죽기 살기로 감량에 들어갔고, 6개월 동안 28킬로그램을 줄였다.

정말 참기 힘들었다. 콜라가 없으면 하루도 못 살던 내가 6개월 동안 콜라를 한 모금도 마시지 않았고, 불고기 햄버거를 하루에 한 개는 꼭 먹었던 내가 빵조차 입에 대지 않았다. 초콜릿이나 사탕은 물론 설탕이 들어간 것은 입에 대지도 않았다. 누나들은 그런 나를 처음에는 "얼마나 가나 보자"고 웃어넘기더니 두세 달 지나자 "지독한 놈"이라고 했고, 다섯 달이 지나자 "나도 살 빼는 법 가르쳐 줘"라고 달라붙었다. 그리고 마침내 내가 그토록 좋아하던 그녀와 연애에 골인할 수 있었다.

그녀와 1년을 넘게 사귀면서 내 식생활은 완전히 변했다. 지금도 탄산음료는 전혀 입에 대지 않는다. 피자나 치킨 같은 고칼로리음식도 먹지 않고 있다. 나물이 왜 맛있는지 알게 되었고, 된장찌개와 김치찌개를 좋아하게 되었다. 그녀처럼 해산물을 즐겨먹는 습성으로 바뀌는 등 이후 내 모든 식생활은 그녀가 만들어주었다.

지금 그녀는 내 곁에 없지만, 지금 내 식생활 곳곳에 여전히 그녀가 남아 있다.

내게 맞는 스타일을 알게 되었다

나는 어릴 때부터 매일 운동을 했다. 그러다 보니 트레이닝복에 익숙해져 있었고, 늘 냄새 나는 운동화를 신고 다녔다. 여자를 만나도 그렇게 다니는 습성을 버리지 못했다. 트레이닝복이나 편하게 입는 복장, 운동화가 나와 어울리지 않는다는 것을 알지도 못했다. 나만 편하면 그만이라고 생각했고, 남들의 시선에 개의치 않으며 살았다. 여자들이 나를 싫어하는 이유가 못생긴 얼굴 때문이라고만 생각했지, 스타일 때문이라고는 상상조차 하지 못했다.

그런 내가 지금은 셔츠를 즐겨 입고 있다. 여름에는 늘 소매를 접고 다닌다. 거기에 늘 시계를 차고 다닌다. 내가 사귄 여자들이 내 스타일을 지적해주지 않고, 그들의 지적에 내 스스로 바뀌지 않았다면 나는 여전히 트레이닝을 고수하고 있었을지 모른다. 그녀들은 내게 셔츠가 잘 어울린다는 것을 알게 해주었고, "팬츠에 컬러풀한 셔츠를 입어라", "여름에는 소매를 접어서 당겨야 한다"고 가르쳐주었다. 이것은 이후 내 스타일로 익숙해졌고, 여자들이 호감 갖는 최정 스타일이 되었다.

내가 여자를 만나 사랑하지 않았다면 지금 나는 아저씨 복장을 한 채 골목을 어슬렁거리고 있었을지 모른다. 기지 바지에 언더라운드 티셔츠 하나 입고 다니는 모습은 지금의 내게는 상상조차 할 수 없다.

이렇게 차려 입으면서 외모에 자신이 없던 내가 여자를 만나도 자연스럽게 용기가 생겼고, 내게 "어떻게 입어야 돋보이느냐?"고 묻는 남자들이 생기기까지 했다. 예전에는 생각도 하지 못했던 헌팅도 이후 계속해서 받았다. 여자들이 가르쳐주고 그녀들이 입으라는 대로 입은 것밖에 없는데 여자들이 몰려든 것이다. 이는 여자들도 마찬가지다. 좋아하는 남자를 만나게 되면서 화장하는 방법이나 헤어스타일, 평소와는 전혀 다른 옷을 입을 것이다.

사랑만큼 나를 변화시키는 것은 없다

또 한 가지 바뀐 것이 있다. 그것은 행동이나 몸, 스타일이 바뀐 것보다 더 중요하다. 그것은 사랑할수록 성격이 바뀌게 된다는 점이다. 지금까지 살아왔던 성격과 인품이 상대방을 아끼고 사랑해주면서, 그에게 사랑받기 위해 노력하면서 배려와 겸손, 스스로를 제어하는 능력을 갖게 된다. 그것은 내가 경험하고 지금의 나를 만든 원동력이 되었다.

이처럼 바뀐 나를 볼수록 사랑이란 참 묘한 것이라고 늘 깨닫는다. 외모 때문에 힘들었던 내가 스타일리스트가 되었고, 한때 바람둥이로 살았던 내가 지금 이처럼 겸손해진 것은 모두 사랑 때문이었다. 사랑하기 위해, 사랑받기 위해 나를 바꾸고 나를 다스린 시간이 결국에는 나를 돋보이게 하고, 나를 사랑스럽게 만들어준 것이다.

그리고 그것은 나만의 일이 아니었다. 내게 연애 기술을 배운 이들 중에서 연애에 성공한 이들은 스스로 깨우쳤기에 지금 사랑하고 사랑받고 있는 것이리라 확신한다. 사랑한다는 것은, 사랑받는다는 것은 얼마나 아름다운 일인가. 더구나 스스로를 얼마나 성숙하게 하는 일인가. 특히, 누군가를 사랑하다 보면 "사랑하는 것은 사랑을 받느니보다 행복하나니라"라는 시 구절이 얼마나 실감나는지 깨닫게 될 것이다.

사랑만큼 나를 변화시키는 것은 없다. 사랑만큼 세상을 변화시키는 것은 없다. 사랑하기 때문에 세상이 달라 보이고, 스스로를 가꾸게 된다. 살다 보면 사랑 때문에 힘들고, 그래서 사랑으로부터 멀리 도피하고 싶어 하지만 사람이란 사랑하기 위해, 사랑받기 위해 태어난 존재다.

지금 사랑하는 사람이 없다고 실망하지 마라. 사랑 때문에 힘들다고 주저앉지도 마라. 어딘가에는 분명히 내 짝이 있다. 문제는 그것을 깨닫지 못한 채 지금 사랑하지 못해, 사랑받지 못해 안달하는 데만 몰두하고 있기 때문이다. 그 사람을 만나기 위해 지금 잠시 쉬고 있을 뿐이다. 그 사람을 만나기 위해 어제의 나를 버리고 내일의 나를 가꾸라는 신호일 뿐이다.

이 책을 엮기 위해 〈미친 연애〉 블로그를 정리하면서 내가 진정으로 바라는 것은 단 하나였다. 자신의 가치가 더욱 더 높아져 더 좋은 상대를 만나고 더 아름다운 사랑을 하기를 바란다. 내 간곡한 충고가 이 글을 읽는 이들의 현실을 조금이라도 바꿀 수만 있다면 몫을 충분히 했다고 믿는다. 그만큼 내가 행복한 일도 없겠다.

아버지는 이렇게 말씀하셨다

내가 고등학교 1학년 때였다. 반 친구와 사소한 언쟁이 싸움으로 번졌고, 결국 친구의 코뼈가 부러져서야 싸움이 끝나고 말았다. 친구끼리의 싸움으로 끝나는 줄 알았는데 결과는 그렇지 않았다. 그날 병원에 간 친구는 전치 12주라는 진단을 받았고, 나는 경찰서에 끌려갔다.

고개를 숙인 내 앞에서 갖은 욕을 해대는 친구의 부모, 그리고 그 곁에서 나를 질책하는 형사……. 나를 옹호해주고 나를 위로해주는 사람은 어디에도 없었다. 누군가에게 하소연하고 싶었지만 내 편은 아무도 없었다. 그때 아버지가 경찰서에 오셨다.

아버지는 경찰서에 오기 전 형사에게 상황 설명을 들었는지 내게 별다른 말씀이 없으셨다.

"합의만 하면 나갈 수 있습니까?"

"진술서는 다 적었으니까 합의만 하시면 됩니다."

형사와 몇 마디 주고받은 아버지는 친구의 부모에게 말했다.

"얼마면 되겠습니까?"

"죄송하다는 말을 먼저 해야 하는 거 아닙니까?"

"죄송하니까 이렇게 말씀드린 것 아닙니까?"

이런 식으로 논쟁을 벌였고, 형사가 중재해 합의하기로 했다.

"병원비까지 포함해 3천만 원 드리겠습니다."

친구의 부모는 못마땅한 표정이었다.

"5천만 원 드리겠습니다. 이 이상은 안 됩니다."

친구의 부모는 잠시 머뭇거리더니 "그렇게 합시다"는 외에 더 이상 아무 말도 하지 않고 합의서에 사인했다.

그렇게 경찰서에서 풀려나온 나는 아버지와 함께 택시에 올라 탔다.

"죄송합니다……."

아버지까지 끌어들이고 싶지 않았다. 일이 이렇게까지 커지리라곤 짐작조차 하지 못했다. 더구나 합의금으로 그렇게 많은 돈을 준 데 대한 죄스러움 때문이기도 했다. 그런데 아버지는 별거 아니라는 표정이었다.

"죄송하다는 말은 함부로 하는 게 아니다. 살다 보면 다툴 일도 있고 싸우기도 해. 앞으로 더 큰 일을 당할지도 몰라. 그런데 이런 일로 죄송하다니, 이런 일로 흔들리면 앞으로 어떻게 험한 세상을 살아가겠냐?"

아버지는 "네가 잘못했으면 잘못했다고 인정하면 되는 거지, 이런 일로 위축되거나 쪼그라들지 마라. 아무리 힘들어도 당당함과 위엄까지 포기해서는 안 된다"는 말도 덧붙이셨다.

20대 후반에 나는 가족과 떨어져 지방에 혼자 살고 있었는데, 아버지가 아무런 연락도 없이 불쑥 나를 찾아오셨다. 가족 앞에서는 언제나 미소를 잃지 않으셨던 아버지. 그때도 아버지의 미소는 여전하셨다.

아버지와 오랜만에 술 한잔했는데, 아버지가 불쑥 이런 말을 꺼내셨다.

"결혼 안 할 거냐?"

"여자가 있어야 하죠."

"아무나 데리고 오지 말고, 데리고 오려면 이왕 아들딸 숭숭 낳을 수 있는 여자로 데리고 오거라."

"아버지는 늘 자식 타령이세요?"

이런저런 말이 오갔고, 이야기 중간에 내가 아버지께 물었다.

"여자에게 사랑받으려면 어떻게 해야 하죠?"

"뭘 것 같냐? 세상에는 세 가지 남자가 있다. 한 여자만 바라보며 그 여자를 사랑하는 남자, 경제적으로 풍족하고 부족함 없이 해주는 남자, 마지막은 두 개를 다 해주는 남자다."

"그럼 이것도 저것도 아닌 남자는요?"

"그건 남자가 아니야. 잡놈이지."

내가 사업에 실패해 힘들어 하고 있을 때 편지 한 통이 왔다. 아버지가 보내신 것이었다. 그해는 아버지도 여러 가지 일로 구설수에 오르며 힘드실 때였는데 그런 와중에도 나를 염려해 보내신 거였다.

"네가 지금 힘들고 괴로운 것 안다. 미안하다. 당장이라도 너를 도와주고 싶지만 그러지 못하는 내가 원망스럽구나. 하지만 살아 있어야 다음에 기회도 오고 다음에 웃을 수 있다. 더러운 것 안 볼 것 다 보더라도 처절하게 살아남아라. 그래야 다음에 아버지가 너를 도와줄 수 있고, 네가 나중에 오늘 일을 웃으며 떠올릴 수 있을 테니까."

편지를 읽으면서 나는 많이 울었다. 그때 나는 죽을 결심까지 했다. 일이 잘 풀리지 않고, 하는 일마다 꼬이기만 했다. 벌인 일은 많지만 어느 것 하나 제대로 되는 일이 없었다. 일을 하다 보면 그런 날도 있겠거니 싶었지만 한꺼번에 풀리지 않자 다 내 잘못 같고, 나만 없으면 모든 게 잘될 것 같았다. 내 자신이 너무나 초라해 보였고, 살 의욕도 없었다.

그런 내게 아버지의 편지는 살아야 할 이유를 알려주었다. 모든 것이 끝이라고 내려놓고 싶은 순간 아버지의 편지는 하늘에서 내려준 동아줄이었다. 아버지의 편지는 나를 염려하는 글로 채웠지만, 나약해지는 나를 꾸짖는 말과 응원으로 넘쳐 있었다. 그리고 아버지의 편지에는 지금 내가 〈미친 연애〉 블로그를 통해 사랑 때문에 힘들어 하는 이들에게 강조하는 모든 것이 들어 있기도 했다.

"한 번 좌절하고 두 번 좌절하고 세 번 좌절해도 살아 있어야 한다.

땅바닥에 엉덩이가 붙어 안 떨어질 것 같아도 언젠가는 우뚝 일어선다. 사람이란 다 그렇다. 언제까지 땅바닥에 앉아 있으면 다리 아프고 허리 아파 자연스럽게 일어나게 되어 있다. 누구나 이만한 일을 겪는다. 문제는 이런 일로 주저앉느냐, 다시는 이런 일을 당하지 않느냐의 차이일 뿐이다. 아무도 원망하거나 조급해하지도 마라. 남들을 비교하지도 마라. 그럴수록 초라한 건 네 자신일 뿐이다. 너만 이런 고통을 받는다고 생각하지도 마라. 누구나 그런 일을 겪지만, 그 일을 탓하는 사람은 또 그런 일을 당하고, 그 일의 문제와 자신의 실수를 찾는 사람은 반드시 나중에 그 일이 큰 힘이 되었다고 웃으면서 말할 거다."